L'ORPHELIN

ET

LES DUNKARS,

Par M^r. H. Magnien,

ORNÉ DE DEUX JOLIES GRAVURES A L'AQUA-TINTA.

Nous errons avec crainte et dans l'obscurité,
Sous l'astre impérieux de la nécessité.

TOME SECOND.

PARIS,

LECOINTE et DUREY, quai des Augustins, n°. 49;
PIGOREAU, place St-Germain-l'Auxerrois, n° 27;
CORBET, quai des Augustins, n° 63;
BOSSANGE, rue de Richelieu;
PÉLICIER, place du Palais-Royal, n° 1,
TENON, rue Hautefeuille, n°. 30;
GARNIER, Cour des Fontaines;
HUBERT, Galerie de Bois, Palais-Royal;
LES ÉDITEURS DE *la Nouvelle Année Litté-raire*, rue Meslay, n° 24.

OCTOBRE 1827.

L'ORPHELIN

ET

LES DUNKARS.

3809

Y² 50090

IMPRIMERIE DE J.-S. CORDIER fils,

RUE THÉVENOT, N°. 8.

Y^2 50090

L'épreuve est au dessus de mes forces...
c'en est fait!.. Je meurs...!!!

L'ORPHELIN

ET

LES DUNKARS,

Par M. H. Magnien,

ORNÉ DE DEUX JOLIES GRAVURES A L'AQUA-TINTA.

Nous errons avec crainte et dans l'obscurité,
Sous l'astre impérieux de la nécessité.

~~~~~~~~~~~~~~~~~~~~~~~~~~~

TOME SECOND.

~~~~~~~~~~~~~~~~~~~~~~~~~~~

PARIS,

LECOINTE et DUREY, quai des Augustins, n°. 49;
PIGOREAU, place St-Germain-l'Auxerrois, n° 27;
CORBET, quai des Augustins, n°. 63;
BOSSANGE, rue de Richelieu;
TENON, rue Hautefeuille, n°. 30;
PÉLICIER, place du Palais-Royal, n°. 14;
GARNIER, cour des Fontaines;
HUBERT, galerie de bois, Palais-Royal;
LES ÉDITEURS DE *la Nouvelle Année Litté-raire*, rue Meslay, n°. 24.

OCTOBRE 1827.

L'ORPHELIN

ET

LES DUNKARS.

~~~~~~

CHAPITRE PREMIER.

Le Temple des Dunkars.

Voyez cette roche isolée, escar-
pée, aride, dont la masse impo-
sante et sévère frappe involontai-
rement et tout à la fois les regards,
d'admiration, de surprise et de
crainte. Elle domine et protège de
toutes parts cette riche vallée que
fertilisent encore les eaux bien-
faisantes d'une source limpide,

II.   I

échappée de sa souterraine demeure et du berceau mystérieux
que lui donna la nature. Arrêtez un
moment et contemplez de nouveau
la beauté majestueuse de ce site
également pittoresque et sauvage,
où, par le contraste le plus singulier et d'un effet vraiment magique, le voyageur étonné foule à ses
pieds les fleurs brillantes du printemps, tandis que l'hiver et ses
noirs frimats sont, pour ainsi dire,
suspendus sur sa tête.

Creusés par la main du temps
plus encore que par l'industrie
des hommes, les flancs caverneux
du rocher ouvrent à la prière, au
recueillement des Dunkars, un

asile impénétrable et sacré. C'est
là qu'ils se réunissent chaque jour
pour chanter les hymnes saintes
et les louanges de l'éternel.

A l'aspect de ce monument co-
lossal et peut-être unique dans
le monde connu, tout mortel généreux sent, par une inspiration
soudaine, ses idées prendre un
nouvel essor, se développer,
s'agrandir, se détacher en quelque sorte de la terre et s'élancer
à l'exemple du pic orgueilleux de
la montagne, aux pures régions du
céleste séjour.

Simples comme les mœurs des
habitans d'Éphrata, les ornemens
dont la maison du seigneur est

modestement décorée, s'éloignent
tout-à-fait de la recherche et du
luxe qui président aux embellisse-
mens intérieurs de ces temples,
véritables palais élevés à grands
frais dans nos villes, bien moins
pour rendre hommage à l'être suprême et à notre sainte religion,
que pour satisfaire aux exigeances
de notre puérile vanité.

Dans cette pieuse retraite, au
contraire, on chercherait vainement l'éclat de l'or ou de tout autre métal précieux; le porphire et
le marbre en sont également ban-
nis. Absens et muets, les beaux-arts
n'y ont point apporté leurs tributs:
les merveilles réunies de la pein-

ture et de la sculpture, ne s'y
montrent nulle part. Rien ne peut
sans doute éblouir ni flatter vos
yeux; mais rien non plus ne
distrait votre attention, tandis
que tout parle à votre âme vivement émue, d'une intelligence su-
périeure qui commande et règne
en ces lieux. Bien qu'invisible, les
émanations de sa présence agis-
sent fortement sur votre esprit;
elles semblent circuler et se répandre autour de vous en rayons
lumineux, pour se réunir ensuite
et se concentrer au fond du sanctuaire; le jour qui descend d'une
ouverture pratiquée au-dessus de
la voûte, ajoute encore à l'illusion.

En pénétrant dans la première enceinte de cet antique édifice, dont l'étendue est immense, l'élévation extraordinaire, on est, malgré soi, saisi d'une sainte terreur; on reste, malgré soi, sous le charme d'une influence toute divine, à laquelle on est forcé d'obéir; malgré soi, l'on s'incline devant le juge souverain, et fléchissant les genoux, on adore en silence ses immuables décrets.

CHAPITRE II.

Les Caveaux.

Le cortége funèbre est introduit, ayant à sa tête, le chef des Dunkars ; vient ensuite le cercueil qui renferme les restes inanimés de la mère d'Arthur ; puis l'orphelin, lui-même, entre M. de Kersalin et le fidèle Williams : tous deux soutiennent ses pas chancelans. Triste, abattu, tout entier à ses regrets, à son désespoir, il ne voit rien, n'entend rien ; il reste étranger à tout ce qui se passe au-

tour de lui; son imagination exaltée éveille en son esprit, une foule
de souvenirs!... souvenirs à la fois
doux et cruels!.. l'image adorée
de sa mère est présente à sa mémoire... elle se retrace vivante,
dans sa pensée... il lui semble,
maintenant, qu'il a connu sa ten-
dresse et ses soins, qu'il a vécu,
grandi près d'elle... qu'il a reçu
ses derniers embrassemens, re-
cueilli son dernier soupir... qu'il
vient de la perdre pour toujours!..
ses larmes coulent en abondance,
de sourds gémissemens entrecou-
pés de sanglots, s'échappent de sa
poitrine oppressée... il se traîne
plutôt qu'il ne marche... flétrie

par la douleur, son âme paraît
prête à s'exhaler !...

A son aspect, on éprouve une
émotion pénible, on se sent vivement attendri. Dulac, lui-même,
en dépit de son insouciance naturelle, de son égoïsme, partage le touchant intérêt que chacun éprouve
pour l'intéressant jeune homme.

On s'incline avec respect devant
le cercueil; sur son passage, on
jette des branches de cyprès, et
l'on récite les prières des morts.
Un silence religieux règne dans
l'enceinte sacrée... il n'est troublé
que par le bruit des pas, qui, ré-
pété par les échos du temple, se
prolonge au loin, sous la voûte.

On arrive enfin, au milieu de la
nef.... après quelques instans de
repos, consacrés à la méditation et au recueillement, plusieurs
Dunkars unissent leurs efforts,
pour soulever une large pierre,
scellée d'un anneau... cette espèce
de porte souterraine, d'un poids
énorme, s'ébranle difficilement,
et cède avec peine, aux bras vigoureux qui l'agitent... elle s'ouvre... Un escalier se présente, on
invite sir Arthur et ses compagnons
à descendre... on allume des flambeaux... le convoi se remet en
marche.

En parvenant au dernier degré,
l'on pénètre dans une longue ga-

lerie, et de là, dans d'immenses caveaux, faiblement éclairés par quelques lampes sépulchrales, qui jettent une lumière douteuse sur les tombes d'alentour. Tout parle de la mort en ces lugubres lieux... l'idée affreuse du néant, est la seule qu'ils inspirent.

CHAPITRE III.

Une Cérémonie religieuse.

Un modeste monument, élevé par les soins du chef des Dunkars, a reçu la dépouille mortelle qu'on vient de lui confier... Arthur tombe à genoux et prie avec ferveur... Un chœur de vieillards fait entendre des chants graves et tristement solennels.

Mais quels accens mélodieux et purs succèdent tout-à-coup à ces accens funèbres?.. on dirait un concert céleste exécuté par les an-

ges du Seigneur... quelle clarté
soudaine a dissipé les ténèbres,
comme l'astre radieux du jour
chasse devant lui les vapeurs obs-
cures amoncelées par la tempête !
par quel enchantement, tant de
feux suspendus brillent-ils, à la
fois, dans cette souterraine demeure?.. quelles sont ces jeunes
filles vêtues de simples robes
blanches, et le front couronné
de fleurs ? elles portent les vases
sacrés et s'avancent avec ordre
jusqu'au pied du tombeau... c'est
là qu'elles déposent leurs couron-
nes... à leur tour, elles chantent...
mais des hymnes consolatrices;
car, avec la gloire du Très-Haut,

elles célèbrent encore la félicité
suprême du juste, qui, dégagé
des entraves pesantes de l'existence terrestre, va recommencer
la vie au sein de l'éternité.

Cédant alors au charme d'une
douce illusion, sir Arthur s'approche du cercueil... il le tient quelque temps embrassé... mais, ô
prodige!.. ne l'a-t-il pas senti
tressaillir?... C'est sa mère! c'est
elle qui répond à la voix de son
enfant... qui se ranime aux batte-
mens précipités de son cœur! sous
une forme aërienne et fugitive,
elle apparaît aux yeux de ce fils
bien-aimé... elle semble le recon-
naître, lui sourire, et rayonnante

de divinité, s'élancer vers les les cieux, qui s'ouvrent pour la recevoir.

Le chœur des jeunes filles a cessé, les instrumens se taisent, la vision s'est évanouie... Arthur revient à lui-même... une main a serré la sienne... c'est la main d'un ami, de M. de Kersalin... il la presse avec attendrissement, ainsi que celle de son vieux serviteur.

Tous les assistans défilent en silence devant la tombe, et la saluent en passant; sir Arthur se prosterne de nouveau, balbutie un dernier *adieu*! recueille toutes ses forces, pour s'arracher de ce triste

séjour.. et se dispose enfin, à suivre le chef respectable qui vient
de donner le signal du départ.

CHAPITRE IV.

La jeune Vierge.

Au moment de sortir du temple, Arthur, dont les regards, pendant la cérémonie, étaient restés constamment attachés à la terre, lève machinalement les yeux parmi les jeunes vierges qui viennent d'exécuter les chants sacrés; il en est une, que sa beauté, ses grâces, son air d'innocence et de candeur, sa douce et fervente piété font nécessairement distinguer de ses compagnes. Les boucles ondoyantes de sa blonde chevelure sont à

II.   1*

peine retenues par une gaze légère
qui retombe avec grâce sur ses
épaules, et laisse deviner, plutôt
qu'elle ne cache, une taille élé-
gante et svelte ; la noble régularité
de ses traits, n'a pourtant rien de
sévère... un sourire enchanteur
et cet air de sérénité que donne
la paix intérieure, tempèrent ce
qu'il y a d'imposant dans sa physionomie et dans toute sa personne ; elle prie, et la persuasion
brille sur cette figure angélique...
il semble que par la prière, elle
se rapproche de la divinité, qu'elle
prenne une essence toute céleste...
et que son âme épurée, s'exile vo-
lontairement de sa mortelle enve-

loppe!... Arthur la voit... et à son
aspect , il éprouve un charme
inconnu. Le passager, longtemps
battu par la tempête, et qui décou-
vre enfin, à la lueur des éclairs,
le port, objet de tous ses vœux ; le
moribond qui, touchant à sa dernière heure, recouvre à la suite
d'une crise salutaire, l'existence
prête à lui échapper ; le malheureux que l'on conduit au supplice,
et qui, déjà parvenu au pied de
de l'échafaud, reçoit la nouvelle
inopinée de sa grâce, ne sont pas
frappés d'une sensation plus puis-
sante et plus vive.

En cet instant, la jeune vierge
avec une timide curiosité, regar-

dait l'intéressant orphelin, et touchée de sa douleur, de son in-
tune; elle appelait sur lui, les
les bénédictions du ciel; des larmes d'attendrissement s'étaient
même échappées de ses belles pau-
pières... Arthur les voit couler...
c'est pour lui... il ne peut en
douter... larmes précieuses!...
vous, le faites renaître, sembla-
ble à la fleur des champs, qui,
penchée vers le sol et prête à se
flétrir, se ranime en quelque sorte
à la bienfaisante rosée du matin,
et relève sa tige vivifiée.

———

CHAPITRE V.

Retour du Temple.

C'est un sentiment presque in-définissable que celui dont sir Arthur est agité. Son émotion est celle que nous éprouvons, en re-trouvant, après de longues an-nées, et lorsque tout espoir nous semblait à jamais ravi, l'objet de nos plus tendres affections.

La jeune fille s'éloigne... et l'or-phelin retombe dans son premier abattement. Ses amis font de vains efforts pour le distraire des som-bres pensées auxquelles il est en

proie; ils l'interrogent... sans
pouvoir obtenir un seul mot de
réponse... Arthur reste absorbé
dans sa tristesse.

On redescend la montagne... on
parcourt la belle vallée d'Éphrata...
nos voyageurs admirent tour à
tour la richesse du pays et l'élé-
gante simplicité des habitations,
la cordialité qui semble régner
parmi tous les membres de cette
secte généreuse, le respect, la vénération dont ils entourent leur
digne chef. L'ascendant que ce
vieillard exerce sur les autres
Dunkars, n'est pas seulement celui du pouvoir; c'est surtout l'ascendant des vertus : il les réunit

toutes, et se plait à les prati-
quer.

Après une heure de marche, on
arrive à l'entrée d'une maison bâ-
tie en bois, comme toutes celles de
cette petite colonie, mais plus haute
d'un étage, plus apparente au de-
hors, et plus spacieuse au dedans.
Les compagnons d'Arthur s'éton-
nent d'en voir la porte principale,
ornée de draperies blanches et de
guirlandes de fleurs. Pourquoi cet
appareil de fête ? serait-ce pour
célébrer le retour du chef des
Dunkars, ou bien en l'honneur
des étrangers ? Dulac est le plus
intrigué... le silence qu'il a forcé-
ment gardé, depuis son arrivée à

Éphrata, le fatigue, et lui pèse horriblement; la discrétion est un fardeau pénible, dont il lui tarde de se débarrasser; il s'adresse à l'un de ses voisins, habitant de la contrée... lui fait mille questions et finit par savoir..... ce que nous allons apprendre nous-mêmes, dans le chapitre suivant.

CHAPITRE VI.

Conversation intéressante.

Dulac entame de la sorte, la
conversation : « Pardon, monsu lé
« Dunkar, si jé prends la liberté
« grandé dé vous fairé subir en cé
« moment, un pétit interrogatoire
« amical. Tel qué vous mé voyez,
« jé voyagé pour mon instruction
« particulièré ; eh donc ! jé suis
« bien aisé dé connaîtré les usagés
« et coutumés dé tous les pays qué
« jé parcours ; jé sais qué votré
« sécté n'est pas généralement
« très-causeusé, aussi jé né veux

II. 2

« point abuser dé votre complai-
« sancé... cé sera l'affaire d'un
« demi quart-d'hure au plus. »

LE DUNKAR.

Parlez.

DULAC.

Je né démandé pas mieux. Quel
est, jé vous prie, cet enclos, auprès duquel nous vénons dé nous
arrêter ?

LE DUNKAR.

C'est la demeure de notre chef.

DULAC.

Jé comprends, et céla m'expli-
qué l'espèce dé luxé, les ornemens
qui la distinguent dé vos autres habitations.

LE DUNKAR.

Ne croyez pas qu'il ait choisi lui-même et embelli sa retraite... il a longtemps vécu dans une grotte sauvage, au pied du rocher où notre temple fut construit. Longtemps il s'est imposé toutes les privations que l'homme peut supporter ; il nous donnait l'exemple du travail, de la prière et de l'humilité ; mais depuis, par égard pour son grand âge, et en considération des hautes vertus qui le distinguent, profitant de son absence momentanée d'Éphrata, nous avons construit cette habitation, qu'il occupe maintenant, avec sa fille, la jeune Évelina.

DULAC.

Avec sa fille! il est donc marié?..

LE DUNKAR.

Son épouse lui fut ravie quelques années avant son admission dans notre communauté.

DULAC.

Je croyais que vos réglemens né permettaient aucuné communication entré les personnes dé sexé différent.

LE DUNKAR.

Il est vrai; notre ville se divise en deux quartiers séparés par ce petit lac que vous voyez là-bas sur votre droite. Le quartier de l'est est occupé par les femmes, celui de l'ouest, où nous nous

trouvons en ce moment, est spé-
cialement destiné aux hommes.
Chaque Dunkar vit isolément dans
la petite retraite qu'il s'est choisi;
l'on ne se réunit que dans le temple, aux heures consacrées à la
prière...

DULAC.

Attendez-donc ! quelles sont, je
vous prie, ces petites embarca-
tions qui traversent le lac.... il me
semble réconnaître...

LE DUNKAR.

Ce sont nos sœurs qui rentrent
dans leur quartier; la jeune Évelina, seule, est attendue sous le
toit paternel; elle est fiancée depuis

hier, et dans huit jours, son mariage doit se célébrer avec la
pompe ordinaire en ces sortes d'oc-
casions. Déjà les ornemens d'usage
ont été placés à l'entrée de sa
demeure.

DULAC.

Il paraît, d'après céla, qué les
dévoirs dé votré sécté né vous
obligent point à garder lé célibat?

LE DUNKAR.

Non, sans doute; seulement les
nouveaux époux ne peuvent plus
habiter parmi nous; ils vont for-
mer, dans les cités environnantes,
un établissement dont la communauté fait tous les frais, à la charge,

de leur côté, d'envoyer plus tard,
à leurs frères, une partie du produit qu'ils tirent de leur industrie.
Ils peuvent envoyer leurs enfans à
Éphrata.

DULAC.

C'est fort commodé, sandis... et
d'honnur, jé commencé à mé sentir uné véritablé vocation... jé mé
férai Dunkar dé bon cur... (*A
part.*) Céla vaut toujours mieux
qué dé mourir dé faim. (*Haut.*)
A propos! ditès-moi, monsu le
Dunkar... l'époux futur dé madé-
moisellé Évélina?...

LE DUNKAR.

C'est l'*Homme du précipice.*

DULAC.

Quoi! cé Dunkar qué nous ap-
perçûmes en arrivant... et dont
l'air étrangé et farouché... nous a
causé tant d'effroi?

LE DUNKAR.

Lui-même.

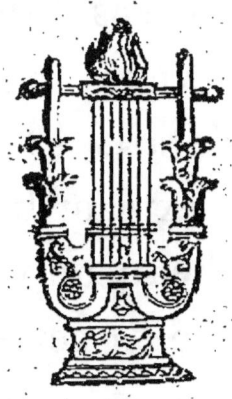

~~~~~~

CHAPITRE VII.

Quelques mots sur l'Homme du
précipice.

LE Dunkar de continuer de la
sorte, en s'adressant à notre gascon :

« Je lis dans vos yeux l'impa-
« tience où vous êtes d'avoir
« quelques détails sur cet être
« singulier, extraordinaire; il
« m'en coûte beaucoup de ne pou-
« voir satisfaire, à cet égard, vo-
« tre juste curiosité. L'histoire de
« sa vie est encore un mystère
« pour tous les habitans d'Éphrata;

« notre chef, seul, doit devenir le
« dépositaire de ses secrets, le
« jour même de son hymen avec
« Évelina. Je vais, toutefois, vous
« conter quelques particularités
« dont je fus le témoin.

« Il y a huit mois, nous étions
« à l'époque la plus rigoureuse de
« l'hiver; un de ces ouragans fu-
« rieux si communs en Pensylva-
« nie, dans cette saison de l'année,
« avait porté la désolation et l'ef-
« froi dans notre vallon paisible.
« Tel on voit le vautour cruel
« s'élancer des hautes régions de
« l'air, sur son innocente proie,
« tel alors, l'aquilon déchaîné ve-
« nait de fondre sur nous, enle-

« vant sur son passage, tout ce qui
« présente quelque obstacle à sa
« fureur; il déracine les arbres
« les plus élevés, arrache des fo-
« rêts entières, brise la croûte
« glacée qui couronne nos monta-
« gnes, et fait rouler d'énormes
« éclats, dont la chûte écrase nos
« bestiaux, détruit nos moissons;
« la pluie tombe par torrens, les
« éclairs fendent et sillonnent à
« chaque instant la nue... la foudre
« gronde. Au milieu de ce désor-
« dre affreux de la nature, un
« homme d'une stature remarqua-
« ble, au corps vigoureux, à
« demi-nu, pâle, l'air égaré, les
« cheveux épars et l'œil mena-

« çant... se montre tout-à-coup
« sur la cîme du rocher qui sert
« de limite à notre colonie : il
« semble, dans son délire, braver
« le courroux du ciel, et défier sa
« puissance... dans sa course va-
« gabonde et rapide, il a la légè-
« reté de la gazelle... il franchit
« sans hésiter, les ravins les plus
« profonds, les précipices, les tor-
« rens... il fuit, en regardant
« souvent derrière lui... comme
« s'il redoutait la poursuite de
« quelqu'un... il traverse moitié
« à la nage, et moitié soutenu par
« les glaçons, le lac qui baigne
« nos côteaux .. mais enfin, trahi
« par ses forces... il tombe presque

« expirant sur le sol, et le rougit
« de son sang... nous volons à son
« secours.. l'orage s'était appaisé..
« nous le transportons dans la
« cellule la plus prochaine......
« il reste longtemps anéanti.....
« sans donner aucun signe d'exis-
« tence... bientôt, un râle étouffé
« sort péniblement de sa poitrine..
« ses membres se raidissent et se
« contractent d'une manière ef-
« frayante... une horrible convul-
« sion les agite... une écume verdâ-
« tre sort de sa bouche... il semble
« lutter contre les dernières at-
« teintes d'un trépas inévitable.

« Cette espèce d'agonie, au lieu
« de se terminer par la mort,

« fut suivie d'un long sommeil
« léthargique...... à son réveil,
« il fut conduit auprès de notre
« chef respectable..... aucun de
« nous ne fut présent à cette en-
« trevue..... l'étranger parut, dès
« lors, plus résigné, plus calme...
« il revêtit le costume de l'ordre...
« se soumit à toutes nos pratiques
« religieuses... mais sans jamais
« adresser la parole à ses frères...
« il s'est construit un petit hermi-
« tage au bord d'un gouffre im-
« mense dont nous n'approchons
« tous, qu'avec précaution... car
« cet endroit est presque inacces-
« sible... de là vient le surnom
« que nous lui avons donné, d'un

« commun accord : l'*Homme du*
« *précipice.* Du reste, il est doux et
« tranquille, et sa sauvagerie n'a
« rien de méchant. Une chose di-
« gne de remarque, cependant,
« c'est l'effet extraordinaire que
« produit sur son imagination, le
« tintement d'une cloche funèbre
« ou le spectacle d'une tempête...
« il s'échappe alors comme un fu-
« rieux, de sa retraite.. remplit les
« airs de ses gémissemens, de ses
« cris... se frappe la poitrine avec
« désespoir... se jette à genoux.. se
« roule sur le sol... et retombe en-
« fin dans l'état affreux où nous le
« vîmes la première fois. »

CHAPITRE VIII.

Suite du précédent.

Le Dunkar se tut à ces mots, et l'on pense bien que ce fut à la grande mortification de Dulac : « Eh quoi ! dit-il à son interlocuteur, dans votre récit vous passez justément sous silence l'objet qui m'intéressé le plus ! Apprenez-moi, de grâce, par quelle suite d'incidens ce diablé d'hommé a pu décider l'aimablé fille de votré chef à le prendré pour époux ?

— Voilà malheureusement ce

que j'ignore, n'ayant jamais assisté
à leurs entrevues.

— Pesté, lé monsu n'a pas été
maladroit! Il tombé commé des
nues, sans posséder ni sou ni
maille... on lé nourrit, on lé soi-
gné, on l'hébergé gratuitément,
et par déssus lé marché, voilà
qu'on lui donné uné compagné
doucé, béllé, modesté, sensiblé...
Cé gaillard-là n'est guèré à plain-
dré. Jé troquérais très-volontiers
ma fortuné contré la sienné. D'ailleurs, mon cher monsu, lé plaisir
seul qué jé trouvé à converser avec
vous, mé décidérait, jé crois, à
mé *dunkariser.*

— Je suis loin d'accepter votre

II.   2*

compliment. Au surplus, je dois vous prévenir que les Dunkars gardent entre eux un silence presque absolu : ils se font un devoir de répondre aux questions qu'un étranger leur adresse; mais ils passent des journées entières dans la méditation et la retraite.

— Hum ! cé n'est pas tout-à-fait aussi gai. Du moins ils goûtent les douceurs du répos....

— Que dites-vous!... Chacun se livre au genre de travail qui lui est propre : on ne reste jamais inoccupé.

— Hum! hum! c'est un peu différent !... Oui; mais enfin, l'on

dîné tous les jours, et l'on dort la
nuit.

— Le jeûné et les veilles morti-
fient notre périssable enveloppe.

— Hum! hum! hum! j'ai bien
pur qué ma vocation mé fassé
banquérouté.... Vous pouvez d'a-
vancé rayer lé nom dé votré ser-
vitur dé la listé des Dunkars fu-
turs. Lé jeûné et les veillés !.....
Qué deviendrait, sandis ! mon
frêlé individu? Une aussi rudé
épreuvé l'aurait bientôt expédié
pour l'autré mondé, et c'est un
pétit voyagé qué jé férai lé plus
tard qu'il mé séra possiblé. Chacun son goût, et les opinions sont
librés là-dessus, n'est-il pas vrai ?

— Assurément... mais le temps s'écoule; je vous quitte.... SSans adieu !

— Au revoir !

~~~~~~

CHAPITRE IX.

L'Hospitalité.

Tout en causant, on avait traversé une petite cour, puis un verger cultivé avec beaucoup de soin, puis enfin une longue allée d'arbres formant l'avenue de la modeste, mais fort agréable habitation du chef des Dunkars. Ce vieillard respectable fait à ses hôtes les honneurs de sa solitude avec infiniment de grâce et d'urbanité.

« Soyez les bien reçus, leur dit-« il; ce jour est un de ceux que « nous consacrons au repos; il

« m'est permis de m'occuper r de
« vous comme je le désire. Idci ;
« vous pouvez disposer de touut à
votre gré... Voici vos chambreses. »
Et il les conduit dans de petitites
cellules semblables à la sienne.e....
Un lit formé de quelques planclzhes
râboteuses, et recouverte seuhle-
ment d'une natte grossière , un a es-
cabeau pour s'asseoir, un pririe-
Dieu., tel est l'ameublement coomm-
plet de chaque Dunkar. A ceiette
vue, notre gascon fait de nouveeau
la grimace, secoue tristement t la
tête., et renonce pour toujourss à
ses projets de conversion.

L'orphelin reste seul dans le voees-
tibule. Appuyé contre un des ppi-

liers qui soutiennent la voûte, il repasse dans son esprit et rappelle à sa mémoire fugitive les événemens qui lui sont arrivés depuis son séjour en Amérique.... A l'image de sa mère se joint maintenant celle d'une autre personne... il voit encore la jeune vierge du temple sacré... ses traits, sa démarche, son sourire.... il entend le doux son de sa voix... il suit chacun de ses mouvemens... il lui tend les bras, l'appelle à son secours... il l'appelle comme l'ange de consolation qui doit le rendre à l'existence, au bonheur peut-être!.. Le bonheur! il ne l'a jamais connu; il ne le connaîtra jamais!..

Bientôt on vient le chercher pour se mettre à table ; un repas frugal est préparé dans le jardin, sous un berceau de verdure. On se place : Arthur est à la droite du chef des Dunkars ; M. de Kersalin de l'autre côté ; Williams et Dulac en vis-à-vis. Un siége auprès d'Arthur est encore inoccupé : « Que « l'on fasse descendre Évelina, » dit alors le vieillard en élevant la voix.

Évelina !… ce nom, qu'il n'a pourtant jamais entendu prononcer, fait cependant tressaillir l'orphelin… il retentit jusqu'au fond de son cœur. D'où vient cette émotion subite, ce trouble de ses sens !…

Une porte s'ouvre... il entend marcher légèrement; son cœur bat avec violence... il désire, il craint, il espère; et pourtant, que peut-il désirer, espérer ou craindre?... Il l'ignore lui-même, et sa pensée incertaine flotte encore dans le vague... Il tremble, il frissonne, il respire à peine.... un nuage épais se répand sur ses yeux; il se sent défaillir..... Évelina paraît!

CHAPITRE X.

Un regard.

Évelina paraît ! c'est ellele... I
cœur de sir Arthur l'avaitit doi
devinée ?. ,Oui, lorsque cetette â
ardente semblait tout-à-l'-l'heui
prête à s'échapper, c'est c qu'ell
cherchait sans doute à voleler au
devant d'Évelina.

La jeune vierge s'avancee timi
dement. Sans le vouloir, celle
surpris un regard de l'orphhelin
mais quel regard ! comme a il es
éloquent ! Ne semble-t-il paas dir
dans sa délirante exaltationn : « (

« toi, que j'attendais sans te con-
« naître ! toi, dont la seule pré-
« sence a rallumé dans mon être
« le feu créateur ; toi, qui semble
« devoir devenir à jamais l'ar-
« bitre de ma destinée, sois mon
« dieu, mon idole, ma vie !......
« permets-moi de t'adorer... Ne
« rejette pas mon hommage... tu
« es la première femme à qui je
« l'adresse ; la première qui m'ait
« fait connaître l'amour... Seule
« tu peux encore embellir les jours
« qui me restent... seule tu peux
« prolonger le cours d'une exis-
« tence qui sans toi me pesait !...,
« Avec toi elle me sera légère !...
« avec toi, le bonheur cessera

« d'être un vain songe à mes yyeux;
« je ne serai plus délaissé suur la
« terre! »

Voilà ce qu'exprimait le reegard
d'Arthur, et beaucoup d'aautres
belles choses encore... Un reegard
est quelquefois si expéditif een fait
d'éloquence!... N'est-il pas vvrai,
mesdames? et d'ailleurs, less yeux
ne furent-ils pas en tout temmps le
télégraphe officiel de l'amouar (1)?

_____

(1) Et moi aussi je suis romant qu'e! lorsque
je m'y mets. Péché avoué doit être à demmi par-
donné.... entendez-vous, cher lecteur?? (*Note
de l'auteur*).

CHAPITRE XI.

Un soupir.

Les compagnons d'Arthur, que l'exercice et la marche avaient mis en appétit, étaient beaucoup trop occupés en ce moment pour leur propre compte, pour s'apercevoir de ce qui se passait ailleurs que sur leur assiette. Il n'en était pas de même d'Évelina; l'agitation extrême du jeune étranger ne put lui échapper. Trop innocente et trop naïve pour en comprendre ou même soupçonner le motif, elle n'en fut pas moins émue et troublée.

Un léger soupir vint expirer sur
ses lèvres de rose... ce soupir ré-
pondait peut-être au regard de sir
Arthur. Essayons de l'analyser à
son tour. Soupir de jeune fille en
dit souvent plus qu'il n'est gros !

Celui d'Évelina exprimait d'a-
bord la compassion et l'intérêt :
« Pauvre jeune homme ! il est or-
« phelin... il a connu le malheur
« dès le berceau ! Quel air de lan-
« gueur répandu sur tous ses
« traits... altérés par la souffrance
« et le chagrin, ils sont encore
« pleins de noblesse et de dignité..
« quel dommage ! s'il devait, à la
« fleur de ses ans, succomber à sa
« douleur profonde... il me serait

« bien doux de le consoler, de
« lui inspirer, du moins, le cou-
« rage de supporter la vie... il est
« si jeune pour mourir! »

Peut-être encore, était-ce un
soupir de regret et signifiait-il :
« Que ne l'ai-je connu plus tôt!
« je n'aurai jamais quitté cette
« retraite paisible... jamais je n'au-
« rais voulu me séparer de l'auteur
« de mes jours... les flambeaux de
« l'hyménée ne se seraient point
« allumés pour moi... j'eusse été
« heureuse... bien heureuse... tan-
« dis, peut-être... » Elle est in-
terrompue dans ses réflexions,
par un geste de son père, qui
l'invite à prendre place auprès
de lui et du jeune orphelin.

CHAPITRE XII.

Le repas.

Le besoin impérieux de la nature se fit enfin sentir à l'orphelin;
il ne put s'y soustraire plus longtemps... ses forces étaient au moment de l'abandonner... l'épuise-
ment total de ses facultés, l'obligea
de prendre quelque nourriture.

Au milieu du repas, le chef des
Dunkars s'adressant à ses hôtes:
« Vous vous étonnez peut-être,
« leur dit-il, de ne voir figurer
« aucune viande sur nos tables;

« ici, nos alimens se bornent aux
« légumes, au laitage et aux
« fruits; ne croyez-point, toute-
« fois, que cet éloignement de no-
« tre part pour la chair des ani-
« maux soit l'effet d'une vaine
« superstition; il n'a pas non plus
« un motif religieux; mais il nous
« semble cruel, pour satisfaire à
« la sensualité de notre appétit,
« de répandre le sang de ces êtres
« animés comme nous; ainsi que
« nous, ils tiennent du tout-puis-
« sant, leur création primitive; à
« lui seul appartient donc le droit
« de disposer de leur existence! »
Sir Arthur, M. de Kersalin et
Williams d'approuver ce raison-

nement; le gascon de secouer la tête
en disant à part lui : « Voilà, sur
« ma parolé, uné sensibilité bien
« mal entendue; c'est, sans douté,
« uné grandé pruvé dé bon cur;
« mais sandis, notré pauvré esto-
« mac n'y trouvé pas son compté..
« cé...cours est fort beau, d'ac-
« cord... mais il né saurait mé
« convertir en cé moment : *ventré*
« *affamé n'a point d'oreilles* !... »

En sortant de table, le Dunkar
et sa fille conduisent les étrangers
sur une petité monticule, placée
dans le jardin de manière à mé-
nager un magnifique point de vue.
On y peut jouir, en silence, du
spectacle d'une belle soirée... « As-

« seyons-nous sur ces bancs de
« gazon, dit le bon vieillard... à
« présent, mon fils, faites-nous le
« récit de vos malheurs... il est
« des maux irréparables, je le
« sais... il en est d'autres que l'on
« parvient quelquefois à soulager.
« N'hésitez point à vous confier à
« moi... versez vos chagrins dans
« mon sein paternel... il est ouvert
« à tous les infortunés.

— Respectable Dunkar, répond
Arthur, vous avez acquis trop de
droit à ma reconnaissance, à ma
vénération, pour ne pas m'em-
presser de vous en offrir ce témoi-
gnage assuré. Nul mortel, jusqu'à
ce jour, ne fut le confident de mes

peines; elles ont, hélas! devancé ma naissance... et se rattachent à la mort prématurée de ma mère... c'est donc son histoire qu'il faut d'abord vous raconter... Williams se chargera de ce soin, souffrez, cependant, que je m'éloigne... il est des souvenirs qui font trop de mal... je sens, hélas!... qu'il ne me reste plus de larmes à répandre... la source en est desséchée, tarie... elles ont coulé si long-temps!!..

~~~~~~

CHAPITRE XIII.

L'Inspiré.

Au moment où Williams se disposait à prendre la parole, un bruit confus se fit entendre dans la vallée; en ce moment, la lune venait de se lever brillante et majestueuse, dans un horison sans nuages; la voie lactée et la planète de Vénus, répandaient dans les vastes plaines de l'air, un éclat inconnu sous notre ciel européen; l'air était frais et délicieux.

L'attention de nos étrangers se

porta entièrement sur la scène
extraordinaire qui se passait dès-
lors devant leurs yeux. Un Dunkar
a quitté précipitamment sa cellule; il parcourt le vallon en agi-
tant une petite sonnette qu'il tient
à la main; ce signal fait sortir
tous les frères et les arrachent à
leurs méditations... Un mouvement général a lieu parmi les
habitans d'Éphrata; le quartier
des femmes reste bientôt désert,
ainsi que celui des hommes... tout
le monde se porte vers le Dunkar,
qui, du haut d'un rocher, semble
haranguer la foule qui l'entoure...
on allume des feux en plusieurs
endroits, pour mieux distinguer

ses gestes et l'expression de sa physionomie; on l'écoute dans le silence le plus profond... sa voix
semble animée... il y a de l'éloquence et un air d'inspiration
dans tous ses mouvemens... cette
espèce de prédication dura près de
trois quarts d'heures..., après quoi
l'orateur descend de sa tribune...
on se retire en bon ordre et paisi-
blement... les feux s'éteignent...
les deux sexes se séparent de nouveau.... chacun rentre dans son
quartier respectif... le calme règne
à son tour... il ne sera plus troublé
jusqu'à l'instant de la prière.

« Il faut vous expliquer le spec-
« tacle dont vous venez d'être les

« témoins, reprit alors le chef des
« Dunkars; un des usages de notre
« secte, autorise tout fidèle qui
« se sent inspiré par l'esprit du
« Seigneur, de prêcher sur un de
« nos dogmes religieux ou même
« sur un point de haute morale...
« Seulement, ses paroles doivent
« être entièrement improvisées.. il
« donne alors le signal qui, d'a-
« bord, a frappé vos oreilles... et
« quelle que soit l'heure du jour ou
« de la nuit, nos frères et nos sœurs
« sont tenus de venir le joindre
« dans la campagne et de recueil-
« lir à l'envi, ses pieuses exhor-
« tations. »

— Coutume fort peu divertis-

santé selon moi, s'écria Dulac,
avec le sérieux-comique dont il
assaisonnait toutes ses saillies gas-
connes, eh quoi!... parcé qu'il
prend à l'un dé vos messieurs, la
démangeaison, souvent intempes-
tivé dé pérorer, il faudra qué tous
les autres sé réveillent en sursaut
pour sé mettré à courir les champs
au clair dé la luné, il y a dé
l'abus, sandis, il y a dé l'abus!..
Ah! pardon, j'oubliais!.. céla né
mé regardé pas... maudité lan-
gué... taisez-vous... laissez plutôt
parler cé bon M. Williams... Sans
rancuné, mcnsu lé Dunkar.. tenez
pour mé punir dé mon indiscré-
tion... je mé condamné à démeu-

rer bouché closé... d'ici à l'hure du coucher !

— Excellente résolution, répondit brusquement M. de Kersalin, et que vous auriez fort bien fait de prendre plus tôt.

— Qué voulez-vous, jé suis trop vif... c'est mon uniqué défaut, jé pensé... du moins, jé né m'en connais pas d'autre.

— Vous êtes modeste...

— Foi dé gascon ! jé veux mé corriger... et pour commencer...

— Eh ! du tout, ne commencez pas... finissez, au contraire... où corbleu !..

— Jé vous comprends... M. lé

marin... né vous fâchez pas, dé
grâcé... mé voilà muet.

— C'est bien heureux.

CHAPITRE XIV.

Récit de Williams.

Dès que sir Arthur se fut éloigné, Williams commença de la sorte son récit :

« Au sein de l'Océan atlantique, au couchant de l'Angleterre, s'élève l'Irlande, l'une des plus grandes îles de l'Europe. Ce pays fut celui de miss Sara Maxwell, mère de mon jeune maître. Elle habitait le comté de Cork, dans la province de Mounster. Ayant embrassé la cause du prétendant Jacques II,

Charles Maxwell, vieux gentil-
homme irlandais, fut obligé de
s'expatrier lors de l'avénement de
Guillaume au trône d'Angleterre,
et après la capitulation de Limé-
rick, il se rendit à Dublin avec sa
fille, et s'embarqua sur un bâti-
ment étranger qui faisait voile pour
les Indes occidentales.

« A cette époque, il y a trente-
six ans de cela, je possédais toute
la confiance de cet homme respectable; il me pria de surveiller
l'éducation de son jeune fils,
George, entré depuis peu au
collége, et d'attendre, pour venir
le rejoindre, qu'il m'eût donné,
par écrit, ses ordres ultérieurs.

« Sir Maxwell et sa fille, firent une heureuse traversée; arrivés en Amérique, ils achetèrent une habitation dans la Guyane, et y vécurent honorablement des produits de leurs plantations. Bien que vieilli dans les combats, sir Maxwell avait conservé son imagination ardente et belliqueuse, et les glaces de l'âge n'avait pas encore éteint, dans son âme, cette brûlante activité qui l'animait naguère sur les champs de bataille. Aussi, dans sa nouvelle position, consacrait-il au plaisir de la chasse et aux excursions lointaines, dans l'intérieur du pays, tous les instans qu'il pouvait dérober à ses

occupations journalières. Afin de
ne jamais quitter son père, miss
Sara, qui comptait à peine seize
printemps, ne craignait point de
se livrer à des exercices que la fai-
blesse de son sexe semblait défen-
dre à son jeune courage; elle s'ha-
bitua, par dégrés, aux fatigues
d'une marche forcée, et, sous des
habits d'homme, elle accompa-
gnait sir Maxwell, dans toutes les
petites expéditions qu'il se permet-
tait contre les *tapirs* des forêts, ou
contre les oiseaux de proie, habitans du désert.

« Un jour, qu'ils avaient emme-
nés avec eux, quelques-uns de
leurs serviteurs, afin de livrer une

chasse à outrance, à un jaguar
furieux qui désolait la contrée, ils
vinrent à s'égarer et se virent tout-
à-coup séparés de leurs compagnons dont ils avaient perdu les
traces au milieu d'un bois épais.

« Ils firent de vains efforts pour
retrouver leur route, et après
avoir marché toute la nuit au hasard, ils se trouvèrent au lever
de l'aurore sur une plage immense,
dont les sables brûlans et incultes
étaient à peine rafraîchis par le
voisinage de la mer. Bientôt une
troupe d'Indiens, que sir Maxwell
reconnut avec effroi pour appar-
tenir à la tribu sauvage des *Pien-
nacolans*, caraïbes cruels, en-

nemis des Européens, sortit de
derrière un rocher, et s'élança
vers eux en poussant de grands
cris, et en brandissant dans l'air
leurs massues menaçantes ; un
d'eux se mit en même temps à
sonner d'une conque marine, signal ordinaire du combat.

« *O mon enfant !* (s'écria le vieil
Irlandais, en pressant dans ses
bras sa fille tremblante,) *nous
sommes perdus !... préparons-nous
à mourir !...* Il dit, et résolu toutefois de vendre chèrement sa vie,
il arme son fusil, ses pistolets, et
forçant miss Sara de se cacher derrière lui, il lui fait un rempart de
son corps.

II. 4

« Mais d'où vient cette hésitation subite qu'ils remarquent parmi leurs adversaires ?... pourquoi se sont-ils arrêtés tout-à-coup comme saisis d'une crainte soudaine... Ils regardent autour d'eux, lèvent leurs regards vers le ciel, semblent se consulter entre eux avec inquiétude, jettent leurs armes, se dépouillent de tout ce qui pourrait rallentir leur marche, et se séparent enfin... donnant dans leur fuite précipitée tous les signes d'un terreur profonde.

CHAPITRE XV.

Suite du récit de Williams.

« Sir Maxwell et sa fille ne tardent pas, hélas ! à s'apercevoir qu'ils n'ont échappé à un danger, que pour en courir de plus grands encore. En levant la tête... ils sont frappés à l'aspect des plus sinistres présages... un voile rougeâtre et sombre s'est répandu sur le disque éclatant du soleil, qui semble couronné d'une auréole de sang... l'atmosphère est devenue d'une pesanteur insupportable... un calme effrayant rè-

gne dans toute la nature... c'est le
précurseur d'une tempête prochaine... un mugissement sourd
succède à ce long silence... de
noires vapeurs surchargent l'horison... un vent furieux s'élève... il
agite les flots... le feu du ciel
brille, éclate de toutes parts...
tous les élémens sont confondus...
ils se combattent et s'entre-détrui-
sent... les rivières, les fleuves, les
torrens se débordent... c'est une
inondation générale! Une foule
d'oiseaux et de quadrupèdes, se
précipitent pêle-mêle dans les
creux de rocher... ils y cherchent
un asile... les bêtes féroces, elles-
mêmes, timides et tremblantes...

se traînent vers leurs tannières en
rugissant de désespoir...

« Cette vaste plaine est bientôt
changée en un lac immense... la
mort, partout la mort!!.. où fuir!..
Miss Sara ne peut aller plus loin...
ses forces l'abandonnent.. elle perd
l'usage de ses sens.. Le désir de sauver les jours de sa fille, inspire à sir
Maxwell, une résolution et un
courage plus qu'humain... il soulève miss Sara... la prend dans ses
bras, et chargé de ce fardeau précieux... il se dirige vers la forêt où
les Indiens ont établi leurs retrai-
tes.

« Il est trop tard... l'inondation
a fait des progrès si rapides... que

les forêts mêmes sont envahies par
les ondes.. le malheureux père
épuisé par tant d'efforts.... élève
encore les bras, pour soutenir
sa fille au-dessus des eaux... il
aura, du moins, retardé jusqu'au
dernier instant, le trépas inévitable de son enfant. L'approche de
la mort a ranimé Sara... elle jette
un cri perçant... elle renaît un moment, mais c'est pour perdre de
nouveau la vie d'une manière plus
affreuse... une pirogue apparaît
tout-à-coup au milieu des eaux...
elle approche... elle est montée
par un naturel du pays... *Indien!*
(s'écrie sir Maxwell, d'une voix
éteinte, et empruntant le langage

de la horde sauvage), *Indien, sauvez, sauvez ma fille !..... adieu... Sara... Qu'un baiser... le dernier de ton père... Adieu !. . Le* froid abyme l'engloutit !...

CHAPITRE XVI.

Fin du récit de Williams.

« Miss Sara va périr également..
heureuse de partager le trépas de
son père!... un bras vigoureux la
retient et la place dans la pirogue... elle veut se précipiter de
nouveau... l'Indien la supplie en
anglais, de conserver ses jours.

« — Songez, lui dit-il, que votre malheureux père vient de
vous léguer à mes soins!... je ne
trahirai point sa confiance, non
plus que son espoir.

« — Quel langage !

« — Il vous étonne, chez un
farouche caraïbe ; il est encore
quelques vertus au fond de nos
déserts et de nos forêts sauvages...
implacables envers nos ennemis et
nos persécuteurs, nous ne sommes
pourtant pas étrangers à tout sentiment de bienfaisance et d'humanité ; mais les momens sont précieux... hâtons-nous !

« En achevant ces mots, de son
aviron infatigable il presse à coups
redoublés et égaux, l'humide élé-
ment qui fuit avec rapidité sous
la barque légère... Avec quelle
audacieuse hardiesse, il évite les
nombreux écueils qui surgissent

de toutes parts dans cette péril-
leuse navigation !... Enfin l'oura-
gan s'est appaisé... mais le flam-
beau du jour a cessé d'éclairer le
monde.. Environnés de ténèbres..
nos navigateurs sont forcés de
s'arrêter... le froid, la fatigue et
le sommeil ont engourdi tous les
membres de l'innocente Sara. Res-
pectant son repos, l'Indien choisit
un endroit commode entre deux
arbres qui élèvent encore leurs
cîmes au-dessus des eaux... il unit
de longs rameaux verts dont il
forme des espèces de cables, et
amare ainsi fortement la pirogue..
il couvre, d'une peau d'ours, le
corps délicat de sa jeune compa-

gne.... et veille toute la nuit auprès d'elle.

« Cependant les eaux se sont retirées peu à peu.... C'est avec un mouvement de surprise et d'effroi que miss Sara, en se réveillant, se voit comme suspendue et balancée dans les airs sur une frêle embarcation... L'Indien la rassure par un sourire; il donne de l'extension aux liens qui retiennent la nacelle : ils descendent doucement jusqu'à terre sans éprouver de secousses trop fortes. En ce moment, miss Sara jette les yeux sur son libérateur : ses traits, un peu prononcés, ont de la noblesse; ils sont beaux et réguliers; sa couleur dif-

fère peu de celle des Européens ;
sa chevelure est noire et épaisse, ses
dents ont une blancheur admirable.
Il sonne de sa trompette marine...
à ce signal, une foule d'Indiens
sortent du fond des bois, et viennent se ranger près de lui... c'est
un des principaux chefs de la
tribu... déclarant à ses compagnons d'armes, qu'il a pris la
jeune fille sous sa protection... ils
s'inclinent tous avec respect... et
la conduisent en triomphe, dans
une hutte qu'ils ont bientôt cons-
truite pour elle. Que vous di-
rais-je, la reconnaissance fit
bientôt naître un sentiment plus
tendre dans le cœur de Sara; sur-

tout lorsqu'elle eût appris que le
généreux indien était d'origine
anglaise, par l'auteur de ses jours..
il renonça, pour elle, au bonheur
qu'il trouvait loin des hommes
civilisés... il la prit pour épouse
à la face du ciel... et se rendit,
avec elle à Surinam, pour se convertir à la religion chrétienne, et
faire bénir sa nouvelle union dans
un temple sacré. Les affaires de la
succession Maxwell, obligèrent les
deux époux de partir pour la Pen-
sylvanie, et d'habiter, quelque
temps, la ville si commerçante,
de Philadelphie : Miss Sara portait alors, dans son sein, un fruit
de leur amour mutuel.

« La tranquillité dont jouissait
ce couple fortuné, n'était troublé
que par le caractère soupçonneux
et jaloux de *Secaik* (c'était le nom
de l'Indien); il se livrait quelquefois, et sur le plus léger prétexte,
à des emportemens affreux... puis
reconnaissant combien il était
coupable... il se jetait, en pleurant, aux pieds de sa jeune épouse,
et sollicitait un pardon qu'on ne
lui faisait jamais attendre.

« Inquiets, Georges Maxwell et
moi, de n'avoir reçu, depuis près
d'une année, aucune nouvelle de
la Guyanne et tourmentés par de
tristes pressentimens, nous quit-
tons l'Irlande... et arrivons à Su-

rinam. Là, nous apprenons l'évè-
nement qui prive sir Georges du
meilleur des pères, moi, d'un
maître chéri... Nous nous empres-
sons de nous réembarquer pour
Philadelphie... on nous indique la
demeure de Sara.. nous y volons..
quelle joie, de se retrouver après
une si longue absence... et quels
embrassemens !... Secaik paraît
tout-à-coup... il voit son épouse
prodiguer les noms les plus doux,
et les plus tendres caresses à un
jeune étranger... sa tête s'égare...
il s'élance, plein de fureur... arrache sir Georges des bras de sa
soeur : « *Lâche séducteur* (s'écrie-
t-il, en écumant de rage), *reçois*

le digne prix de ton infâme trahi-
son... tiens... monstre!... tiens! »
et il lui tire un coup de pistolet,
presque à bout portant... Georges
a cessé de vivre... et sa cervelle
jaillit avec son sang sur la mal-
heureuse Sara... qui tombe morte
de désespoir et d'horreur, en donnant le jour à un enfant... Par-
donnez à mes pleurs... ce déchi-
rant souvenir ne peut se retracer
à mon esprit, sans anéantir toutes
mes facultés.

« —*Misérable! qu'as-tu fait...*
c'était son frère!—Son frère!.. me
répond-t-il... son frère!... quelle
affreuse clarté!... il est mort!...
Sara!... Sara!.. glacée... morte...

morte aussi!... mon enfant!...
mort!... tous morts!... moi seul...
et je suis leur meurtrier!... leur
assassin!... Fuyons!... fuyons!...
Qu'une éternelle nuit... » et il
disparaît... pour toujours.

« Cependant, la faible créature
qui venait d'entrer dans la vie,
sous de si tristes auspices, respirait
encore... on lui prodigua tous les
soins; une nourrice lui fut donnée.
A l'âge de deux ans, j'emmenai
sir Arthur en Irlande; il y fit ses
études, et se mit de bonne heure
à la tête de sa maison... Je ne pus
lui cacher le sort de sa mère...
Une noire mélancolie s'empara dès
lors de son âme.. il fuyait la so-

II.   4*

ciété des hommes... vivait dans
une entière solitude... employant
sa fortune à soulager les malheureux... trop souvent hélas! à faire
des ingrats... enfin il voulut revoir les lieux de sa naissance....
prier au tombeau de sa mère...
vous savez le reste. »

CHAPITRE XVII.

On se sépare.

Williams avait, depuis longtemps, cessé de parler, que le silence régnait encore parmi ses au-
diteurs; des larmes coulaient de
tous les yeux! lorsque sir Arthur
vint rejoindre ses amis, il put fa-
cilement juger du tendre intérêt
que l'on portait à son sort... le
vieux serviteur, M. de Kersalin et
Dulac lui pressèrent tour à tour
le main, avec une éloquente expression... le chef des Dunkars lui
tendit les bras et le serra pater-

nellement sur son cœur... Évelina
pleurait!

« Elle pleure!... et c'est pour
moi!... elle me plaint... elle gémit sur mes longues infortunes...
Ange de bonté, je te remercie...
Ah! je le sens, j'avais besoin de
tes larmes... c'est un baume con-
solateur que tu verses sur les
plaies de mon âme... Oh! que tu
es généreuse... mais surtout, que
tu es belle!... »

Absorbé par ses nouvelles pensées, sir Arthur était resté comme
en contemplation devant l'aimable
fille du Dunkar... Onze heures
viennent de sonner... il est temps
de se livrer au repos. Le bon

vieillard conduit ses hôtes dans les
chambres qu'il leur a fait préparer; il leur souhaite une nuit paisible et réparatrice de tant d'é-
motions diverses, encourage de
nouveau l'orphelin, le bénit,
l'embrasse encore... on se sépare.

CHAPITRE XVIII.

La rencontre.

LE lendemain, il faisait à peine jour, que sir Arthur était déjà descendu dans le jardin; il lui tardait d'être seul, avec ses réflexions et ses souvenirs... de respirer librement la fraîcheur embaumée que l'aurore, à son réveil, répand sur toute la nature.

Oh! qu'il est noble et imposant, le spectacle d'une belle matinée, surtout dans ces parages du Nouveau-Monde, que le créateur de toutes choses semble avoir dotés de

ses dons les plus précieux? le soleil naissant fait jaillir ses premiers feux, du sommet des montagnes; on le voit tout-à-coup
inonder de lumière, les plaines et
les champs; ses rayons dorent les
feuilles des plantains et les branches des orangers; répétés à l'in-
fini et sous mille nuances diffé-
rentes, dans chaque goutte de
rosée, ils les transforment en au-
tant de perles, de diamans et de
rubis. Quelle richesse magique
dans tout ce paysage! Au loin,
quelques roches nues et escarpées
dominent de leur gigantesque élévation toute la scène inférieure;
à leurs pieds se prolongent des

montagnes plus basses, couvertes
de forêts épaisses ; les collines for-
ment le troisième gradin de cet
amphithéâtre majestueux ; les plaines et les vallons offrent des tableaux aussi rians, aussi pitto-
resques et non moins variés. Voyez
ces mille et mille groupes d'arbres
et d'arbustes, de fleurs, de verdure et de plantes : ici les pal-
miers, les cocotiers, les plantains ;
là, le tamarin, l'oranger ; plus
loin, les riches buissons de l'o-
léander et des roses d'Afrique,
l'écarlate vive et brillante du cor-
dium, les berceaux entrelacés du
jasmin et de la vigne de Grenade ;
plus loin encore, les touffes déli-

cates du lilas, les feuilles soyeuses
et argentées de la porslandia.

Jamais sir Arthur ne s'est senti
plus délicieusement agité dans ce
vague inexprimable de pensées,
qui semble élever l'âme, l'agrandir, la déifier en quelque sorte...
il promène autour de lui des regards surpris, enchantés.. il existe
enfin!... mais dieux!... cette robe
blanche, cette taille légère, ce
voile de gaze qui voltige au gré du
zéphir caressant... ses yeux ne le
trompent-ils point?... son cœur,
du moins, ne peut le tromper... Il
l'a reconnue.. oui!.. c'est elle!...
c'est Évelina.

Plongée dans une douce rêverie,

II. 5

Évelina cueille nonchalamment des fleurs dans un bosquet; de temps en temps elle s'arrête pour écouter le chant des oiseaux, son air est mélancolique... Arthur fait un mouvement qui agite le feuillage... Évelina se retourne : « *c'est lui !...* » et elle laisse tomber son bouquet... serait-ce de frayeur?.. mais non, elle sourit au jeune orphelin... d'un signe de tête affectueux, elle lui dit bonjour... cependant elle tremble... Arthur n'est pas beaucoup plus rassuré... il veut parler, et les mots expirent sur ses lèvres... enfin, il reprend courage, et s'approche d'Évelina.

~~~~~~

CHAPITRE XIX.

Un tête-à-tête.

« Déjà debout, jeune fille ? de-
« manda timidement sir Arthur ;
« eh quoi ! vous fuyez si matin les
« douceurs du repos ? »

— Mais vous-même, mon cher
hôte, (reprit avec un aimable en-
jouement, Évelina ; car elle s'était
remise du trouble involontaire
que lui avait causé cette rencontre
imprévue :) il paraît que le sommeil vous a retenu peu de temps
dans votre modeste cellule ?

—Oh ! moi ! c'est différent... je

ne dors plus, et la nuit, loin de
m'apporter le repos comme aux
autres mortels, semble, au contraire, évoquer à mes yeux, des
images effrayantes et fantastiques..
c'est alors, que les pensées les plus
affligeantes, les souvenirs les plus
affreux, viennent assaillir mon
esprit, fatiguer mon imagination
en délire... Alors commencent,
pour moi, d'horribles tourmens..
Oh! que les nuits sont longues aux
infortunés!...

— Le retour de la lumière met
un terme à votre souffrance?...

— Il la calme, du moins... il la
soulage. Ici, d'ailleurs, la nature est si belle... elle offre à no-

tre vue, de si riches tableaux!... des objets enchanteurs!... Oui, je dois l'avouer, ici, je souffre moins, il semble que je respire un air et plus libre et plus pur... il semble, enfin, que je me rapproche de la vie et du bonheur.

—Ah! tant mieux... Eh bien!... restez près de nous, près de mon père; nous vous consolerons, nous... Il vous aime déjà beaucoup, mon père.

—Évelina! je vous inspire donc quelque intérêt?...

—Un bien vif, vous paraissez si bon, vous êtes si malheureux!...

—Vous plaignez l'orphelin!... il est déjà moins à plaindre!

— Oh ! que je suis contente !...
mon père surtout !.. Ainsi, vous
espérez que ce séjour vous rendra
la santé ?

— Pour la première fois, j'y ai
connu l'oubli de mes peines; aimable fille; à votre douce voix,
leur souvenir s'efface et fait place
à l'espérance. Oh ! mon dieu, tu
lis dans mon âme; si les vœux secrets qui l'agitent devaient être
criminels, s'ils ne devaient pas
être un jour exaucés, rappèle-moi
bien vîte dans ton sein : la mort,
une mort prompte et subite !... je
la désire comme un bienfait, je
te la demande à genoux. (*Arthur
se prosterne et lève ses regards
supplians vers le ciel.*)

—Étranger!.. que faites-vous?.. d'où vient l'égarement qui se peint dans tous vos traits?... revenez à vous, je vous en supplie... Vous m'avez effrayée!...

—Ah! pardon... pardon... Évelina!... vous me rendez à moi-même... Quel changement soudain s'est opéré dans tout mon être?... Il me semble que je ne suis plus abandonné, que je ne suis plus seul sur la terre, qu'un charme inconnu m'y attache et m'y retient.. Évelina!.. Évelina!.. je brûle et frissonne tout à la fois.. Quelles palpitations violentes!... elles m'oppressent.. m'étouffent.. Un nuage épais se répand sur ma

vue et mes yeux appesantis... je
me meurs!...— Grand Dieu! il
s'est évanoui.. du secours!.. du
secours!.

CHAPITRE XX.

Il aime.

Aux cris d'Évelina, son père se réveille plein d'effroi, il veut s'élancer hors de sa chambre, courir de suite au jardin, mais son grand âge ne lui permet pas de suivre l'impulsion de son cœur; il appèle ses hôtes, qui s'empressent de descendre et de le devancer auprès de sa fille chérie... Évelina leur montre sir Arthur, étendu à ses pieds, sans mouvemens... « Il vient de se trouver mal tout-à-coup... voyez, sa main est glacée, la pâleur de la mort couvre son front, sa respiration est arrêtée, hâtez-vous de le secourir ! »

En achevant ces mots, elle se sent, elle-même, prête à défaillir ; mais son courage est soutenu par le désir de sauver l'infortuné jeune homme ; cet espoir a doublé ses forces... pendant que Williams et M. de Kersalin relèvent sir Arthur et le posent doucement sur un banc de gazon, la jeune fille envoie Dulac vers son père, afin de le rassurer ; elle-même vole à l'habitation qui renferme la pharmacie de l'île, et revient avec un flacon, elle verse sur les lèvres

mourantes de sir Arthur, quelques
gouttes d'une liqueur généreuse,
qui, bientôt le rappèle à la vie...
En rouvrant les yeux, il les promène péniblement et avec inquiétude autour de lui... l'existence
lui est rendue.. et pourtant il
lui manque encore quelque chose;
il cherche cet objet qu'il n'ose de-
mander. Évelina se baisse un moment pour reprendre le flacon, il
la revoit... la reconnait !... « C'est
« elle!... » Et il couvre de baisers
la main qui lui présente de nouveau le bienfaisant breuvage....
il la remercie en termes passion-
nés, de ses soins touchans... et il
s'aperçoit à peine que son vieux

serviteur le tient dans ses bras, que ses amis attendent aussi un regard... Il n'a des yeux que pour Évelina... il ne vit que par elle et que pour elle... il est mort pour le reste de l'univers... *Il aime !!*

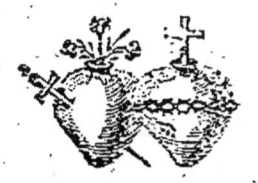

~~~~~~~~~~~~~~~~~~~~~~~~~~~~~~~~~~~~~~~

CHAPITRE XXI.

Il est aimé.

La jeune fille avait trouvé des forces pour secourir l'orphelin, mais non pour supporter la joie de l'avoir rendu à l'existence.... « Il « est sauvé ! mon père, s'écria-t- « elle, en voyant arriver le bon « vieillard sur les pas de Dulac ; « il est sauvé !... » Et elle tombe à son tour sans connaissance.

Arthur, témoin de cette chûte, se lève précipitamment, repousse vivement les mains amies qui cher-

chent à le retenir... se précipite...,
Avec quelle précaution il soulève
ce fardeau précieux ! comme il
cherche à ranimer dans Évelina
le souffle vital près de s'éteindre...,

Au prix de tout son sang, il vou-
drait lui épargner la plus faible
douleur... il lui serait doux de
mourir à sa place !... Il l'appelle
avec l'accent du désespoir ; il gémit, se frappe la poitrine avec
fureur ; accuse le ciel d'injustice
et de cruauté... Ce n'est plus ce
jeune homme si timide, si résigné,
si doux... il marche à grands pas,
s'agite avec violence, s'emporte
contre tout ce qui l'entoure, méconnaît jusqu'au père d'Évelina...,

remplit les airs de ses impréca-
tions; répète mille et mille fois,
d'une voix tremblante et entre-
coupée de sanglots, le nom chéri
d'Évelina !...

Les accens de sa douleur ont été
entendus; ses soins ne resteront
pas impuissans... Evelina renaît à
la lumière; elle a prononcé le
nom d'Arthur!.. fait un mouvement involontaire pour se jeter
dans ses bras, et se cache en rou-
gissant dans le sein de son père...
Arthur est rayonnant de bonheur
et d'espérance... *Il est aimé!*

CHAPITRE XXII.

Petite digression de l'Auteur.

Arrêtons-nous un moment, cher lecteur, et avant d'aller plus loin, permettez - moi de vous adresser une petite question.

— Très-volontiers, M. l'auteur.

— Croyez-vous à la sympathie ?

— Mais... pas positivement.

— Eh ! pourquoi, s'il vous plaît ?

— Parce que...

— C'est déjà une raison ; mais enfin, n'en auriez-vous pas de meilleures à me donner ?

— Parce que... parce que...
je n'y crois point, vous dis-je....
Il me semble que c'est assez clair.

— Mais... oui... ; c'est-à-dire,
si vous voulez : d'ailleurs, les opinions sont libres, et il ne m'appartient pas de critiquer les vôtres.
Il est fâcheux seulement .. j'au-
rais préféré pour ma part... car
vous allez sans doute vous récrier
contre l'invraisemblance de cet
amour subit et tout-à-fait sym-
pathique entre sir Arthur et la
jeune Evelina. Je prendrai toutefois la liberté grande de vous faire
observer, et cela pour ma justifi-
cation, 1°. que mon héros est
doué d'une imagination exaltée,

II.   5*

ardente; que son humeur mélancolique a dû nécessairement le
disposer aux tendres impressions;
2°. que mon héroïne a vécu dans
une entière solitude, loin du
monde et des hommes, autres que
les habitans d'Ephrata...; que son
cœur est généreux, sensible....;
qu'elle compatit aux peines d'Arthur, et chacun sait que de la
compassion à un autre sentiment
beaucoup plus vif, il s'en faut
si peu... si peu...; 3°. enfin...

— Eh! bon Dieu, mon cher auteur, vous suez sang et eau pour
me convaincre... de ce qu'il est
parfaitement inutile que je sois
convaincu. Tranquillisez - vous.

Pour vous autres romanciers, la sympathie est une espèce de licence poétique ; licence qu'on vous pardonne aisément, dès que vous intéressez.

— Je comprends, et je poursuis sans autre préambule.

—A merveille !... Passons donc au chapitre suivant.

~~~~~~

CHAPITRE XXIII.

Huit jours se passent.

Sir Arthur connaissait l'état de son propre cœur, il ne pouvait douter de sa passion pour Evelina ; mais il ignorait encore si cet amour était partagé. La jeune fille elle-même, dans sa naïve innocence, était loin de penser que l'on pût donner à ses sentimens pour l'orphelin un autre nom que celui d'une fraternelle amitié. Dans la crainte d'effaroucher cette candeur virginale, Arthur reculait toujours le moment d'un aveu que sa bouche n'avait pas encore prononcé, mais qu'il eût été facile à une coquette de lire depuis long-temps dans ses yeux.

Cependant, les amis de sir Arthur admiraient avec une bien vive satisfaction l'heureux changement qui s'était, d'une manière presque subite, opéré dans sa personne; il était moins taciturne, moins triste; enfin, son visage conservait encore, il est vrai, l'expression de la mélancolie, mais non celle du désespoir. Il ne tombait plus dans ces méditations noires et profondes, dont il était naguère si difficile de le tirer.... maintenant, du moins il savait

écouter et répondre. Quelquefois
même on voyait un léger sourire
errer sur ses lèvres, surtout lorsqu'Evelina lui adressait la parole.
Une douce intimité régnait entre
nos deux jeunes gens ; les heures
s'écoulaient pour eux avec une rapidité dont les amans seuls ont une
idée. Arthur s'étonnait quelquefois de jouir aussi librement de
l'aimable aspect d'Évelina. Par
quelle faveur particulière, le chef
des Dunkars avait-il conservé sa
fille auprès de lui, lorsque toutes
les autres femmes d'Éphrata vi-
vaient dans une entière solitude, et
ne communiquaient avec leurs frères, que pour se réunir dans le

temple? cette question qu'il s'était
souvent faite à lui-même, il n'a-
vait jamais songé à l'adresser à ses
hôtes. Il était heureux; mais, hélas! ce bonheur devait être de
courte durée!... un seul mot suf-
fira pour le faire évanouir à jamais.

Chaque matin, Arthur se rendait exactement au tombeau de sa
mère, et priait pour elle; à son
retour, il était silencieux et sombre; mais un regard d'Évelina
chassait bien vite les nuages dont
son front était obscurci, ramenait
la sérénité sur sa physionomie, et
le calme dans son âme. Huit jours
se passent.

CHAPITRE XXIV.

Coup de foudre.

Le soleil commençait sa carrière pour la neuvième fois, depuis l'arrivée de sir Arthur à
Éphrata. Notre Orphelin, suivant
sa coutume, était descendu de
bonne heure au jardin pour y attendre le réveil d'Évelina : l'approche de cet instant désiré faisait
toujours naître dans son esprit,
les pensées les plus riantes... il se
plaisait, pendant ce temps, à cul-
tiver les plantes et les fleurs, ob-

jets de la préférence de sa jeune
amie... il charmait ainsi les en-
nuis de l'absence... loin d'elle, c'é-
tait encore s'occuper d'elle !...
mais elle tarde bien à paraître...
serait-elle indisposée?... une inquiétude vague pénètre dans l'ardente imagination d'Arthur... Un
pressentiment sinistre!.... qu'il ne
se réalise pas, ô mon Dieu!...

Quelqu'un sort de l'habitation..
Évelina!... mais sa démarche est
lente, sa tête est tristement penchée sur sa poitrine; elle la relève
en s'entendant appeler par Arthur. Ses yeux sont rouges, elle a
pleuré.

II.   6

— Qu'avez-vous, Évelina? que vous est-il arrivé?

— Je viens vous faire mes adieux...

— Vos adieux!.. Que signifie?..

— Je vais, selon l'usage de notre secte, passer en retraite les trois jours qui vont précéder mon mariage.

— Votre mariage!

— Oh! mon Dieu! oui; j'avais oublié de vous l'apprendre.

— Votre mariage!...

— Cela vous fait aussi de la peine, n'est-ce pas, mon ami?... Trois jours entiers sans nous voir!.. Vous ne me répondez pas?

— O terre ! engloutis-moi !...
Votre mariage !.. Evelina ! comme
vous m'avez trompé !..

—Moi ! vous tromper, Arthur !..
pouvez-vous le croire ?.. Moi, qui
vous aime comme une sœur ché-
rit son frère...

—Comme une sœur !.. Ah ! malheureux ! tu t'étais abusé ! Comme
une sœur !..

— Eh quoi ! vous détournez la
vue.. vous repoussez ma main...
Arthur, que vous ai-je fait ?

—Cruelle ! vous me percez le
cœur !

— Qu'entends-je ?..

— Evelina mariée... mariée à

un autre !... Je n'ai plus qu'à mourir.

— Mourir !.. vous ! quelle horrible pensée !

— Eh !.. sans doute... le mortel fortuné qui devient votre époux?.. vous n'avez pas pour lui l'amitié d'une sœur ?

—Oh ! non... Vous pensez bien, mon ami, qu'avec lui ce n'est pas la même chose.

— Que je souffre !...

— Il m'inspire une sorte de respect filial...

— Du respect ?...

— Très-certainement. D'abord, ce n'est pas un jeune homme !...

et puis, il a dans toute sa personne quelque chose de sévère... qui impose !

— Un mot encore, Evelina... Vous ne l'aimez donc pas d'amour?

— D'amour?... je ne vous comprends pas.

CHAPITRE XXV.

Un premier aveu.

« Tu ne me comprends pas !... fille céleste ! Ah ! devais-je douter de ton innocente candeur ? Je le vois ; il m'est encore permis d'espérer... Ange de vertu, reçois mon hommage ! » En achevant ces mots, Arthur se jette aux pieds d'Evelina. Effrayée de ce brusque mouvement, elle veut fuir ; il la retient par sa robe légère. « Écoute-moi, je t'en supplie... il le faut ! »

— Quel langage !

—Pardonne à mon égarement :
je ne peux plus me taire ; mon
secret est là... il me pèse ; il m'é-
touffe... Je veux... je dois parler...

— Arthur, je vous écoute ;
mais, de grâce, calmez-vous....
Le désordre de votre âme a passé
dans la mienne... Épargnez-moi...
levez-vous, mon ami... Ce banc
de gazon... Asseyez-vous... là....
près de moi... n'êtes-vous pas bien
ainsi ?

— Chère Évelina ! cet amour
que tu m'as inspiré, cet amour,
hélas ! que tu ne partages pas ; est
un sentiment indéfinissable... Il
fait à-la-fois le charme et le tour-
ment de notre existence... Aimer

deux, Evelina, c'est le bonheur
suprême; aimer seul, c'est le plus
grand des maux... c'est un supplice affreux. L'objet qu'on aime
se pare à nos yeux de toutes les
vertus; il devient pour nous un
être à part... un être au-dessus de
tous les autres... S'il approche,
notre cœur bat avec violence;
nous le reconnaissons au seul bruit
de ses pas, au froissement de ses
vêtemens... S'il parle, sa voix retentit, harmonieuse, jusqu'au fond
de notre âme... Presse-t-il notre
main ? un feu dévorant circule
aussitôt dans nos veines... Court-
il quelque danger ? un froid gla-
cial s'empare soudain de nos sens,

anéantit toutes nos facultés... Absent, son image du moins est encore présente à notre pensée, elle nous suit partout; nous la retrouvons jusque dans notre sommeil... elle est là... toujours là... gravée en caractères ineffaçables!

— Arthur! Arthur! tu viens de m'éclairer; va, cesse de gémir, sèche tes pleurs... sois heureux .. je t'aime... oui, je t'aime d'amour!

— Il se pourrait !.... Evelina, cet aveu... Dois-je croire à tant de félicité?.... ne me trompes - tu point?... Ah! ne cherche point à m'abuser; ce serait me donner le coup de la mort... Mais non, les détours et la feinte sont également

indignes d'Evelina! tant d'innocence et de candeur me répondent
de ta foi... Que fais-tu? pourquoi
dérober à ma vue ces traits char-
mans, ce visage adoré?... d'où
vient cette rougeur subite qui couvre ton front? Tu sembles regretter
l'aveu plein de douceur qui s'est
échappé de ta bouche... Ne t'é-
loigne pas... ne crains rien de mes
transports... Aimable fille, connais mieux ton pouvoir; l'empire
que tu exerces sur Arthur est celui
de la Divinité! Reste en ces lieux,
ou plutôt conduis-moi vers l'auteur de tes jours; jetons-nous à ses
pieds en lui disant : *Mon père,
bénissez vos enfans !* Il ne restera

pas sourd à nos prières, à nos larmes ; il nous unira... tu seras mon épouse...

— Arthur !... il est trop tard... ma main est promise. Que dis-je ! elle est déjà donnée...

— O ciel !

— Ne suis-je pas fiancée !

~~~~~~

CHAPITRE XXVI.

Suite du précédent.

ATTÉRÉ par ces derniers mots, Arthur demeura quelque temps comme étourdi du coup affreux qui l'accablait, et sans pouvoir prononcer une parole. Enfin, il revient à lui : « réponds-moi, Éve- « lina ! reprit-il d'un ton inquiet, « comment expliquer cette espèce « de contradiction dans ta con- « duite !... Pourquoi, sans amour, « as-tu fait le choix d'un époux ?

— Je ne l'ai point choisi. Mon

père, un jour, me manda près de lui; c'était, je m'en souviens, à l'époque d'une de nos plus grandes solennités, et me tint ce langage, en m'embrassant : « Évelina, tu « connais l'étranger qui, sous le « nom de *l'Homme du précipice*, « vient d'augmenter le nombre de « nos frères ?...

— C'est donc lui!... Qu'il tremble... je le déteste... Malheur!... malheur à lui... qu'il tremble!.. Je suis jaloux.

— Arthur... cher Arthur!.. La passion t'aveugle et t'égare... O ne blasphème pas!

— Pardon.. pardon mille fois.. J'ai honte de ma propre fureur,

je me maudis moi-même.. Allons,
je suis calme, maintenant, achève
de m'instruire; oui, j'aurai le courage de t'écouter tranquillement
et sans t'interrompre.

— « Il est bien malheureux!
« continua mon père; une jeunesse
« orageuse lui légua des regrets
« bien amers; son cœur ulcéré
« renferme des secrets qu'il ne
« m'a pas confiés encore... des re-
« mords, peut-être; mais son re-
« pentir est sincère, il doit l'ab-
« soudre aux yeux de l'Éternel. Gé-
« missant de ses longues erreurs,
« poursuivi, sans relâche, par le
« cri de sa conscience agitée ou
« par de tristes souvenirs, pour

« lui, depuis longtemps, les jours
« s'écoulent sans consolations et
« les nuits sans repos; le passé lui
« fait horreur et pèse cruellement
« sur sa misérable existence; il ne
« voit, dans le présent, rien qui
« puisse le rassurer; l'avenir l'é-
« pouvante... il sent le besoin de
« se réconcilier avec le ciel. Il t'a
« vue, il t'aime. En prenant pour
« épouse, une vierge innocente et
« pure, il cherche un abri tuté-
« laire contre les orages de la vie;
« un appui qui l'aide à finir pai-
« siblement, une carrière dont les
« premiers pas furent marqués
« par le malheur et la fatalité; tu
« peux adoucir ses maux, embel-

« lir, du moins, ses jours à leur
« déclin ; jeune encore, son âme
« est déjà flétrie par le cha-
« grin... Veux-tu, ma fille, te
« charger de son bonheur?... »
Amour! j'ignorais alors ton pouvoir, j'ignorais jusqu'à ton nom...
Je crus remplir un devoir... je pro-
mis.

— Mais cet homme, ce trop fortuné mortel, je ne l'ai pourtant
aperçu qu'une seule fois à la porte
du temple, lors de mon arrivée à
Éphrata?... Comment se fait-il
que depuis?...

— L'entrée de cette maison lui
est interdite par nos lois, depuis
le jour des fiançailles, jusqu'à ce

lui de la célébration du mariage.

—Odieux hymen!... tu ne t'accompliras point; mais enfin, tu ne m'as jamais parlé de l'union projetée, et dans nos entretiens...

— Hélas! dans mon heureuse ignorance, j'attachais si peu d'importance à cet événement!... Il me semblait que mon nouvel état ne devait apporter aucun changement dans ma position... je voyais sans effroi, comme sans plaisir, approcher le jour qui devait enchaîner ma destinée à celle de l'étranger... Ma séparation prochaine de mon père attristait mon cœur, il est vrai; mais, dois-je l'avouer? depuis quelque temps je ne songeais

II.   6*

plus à l'avenir; j'étais toute au présent... Arthur était là... j'avais tout oublié.

— Chère Evelina ! tout espoir n'est point perdu ; mais, je le sens, il ne faut rien précipiter... une résolution trop brusque pourrait devenir fatale à notre amour... Gardons encore le silence ; obéis à ton père... éloigne-toi de ces lieux... ma pensée t'accompagnera au fond de ta retraite. Adieu !... tant que mon cœur n'aura pas cessé de battre, il ne cessera point de t'adorer... Evelina ou la mort ! Adieu !

—Adieu !

CHAPITRE XXVII.

Départ de M. Kersalin.

M. KERSALIN avait deviné l'amour des deux jeunes gens ; il se proposait même de faire part de cette découverte au père d'Évelina ; mais lorsqu'il vit la jeune fille s'éloigner sans que l'orphelin eût tenté de retenir ses pas, sans qu'il se fût prononcé devant le chef des Dunkars... il crut s'être trompé dans ses soupçons Bientôt la sombre tristesse où retomba sir Arthur, après le départ d'Evelina, lui rendit son incertitude ; il ré-

solut d'étudier le cœur du jeune
homme et de lui arracher son secret, afin d'assurer son bonheur,
si toutefois ce bonheur ne devait
point trouver d'obstacles insur-
montables.

En quittant Philadelphie et l'hô-
tel de M. Flamberck, notre marin
avait chargé son ancien commen-
sal, le compositeur dont il a déjà
été question dans le premier volume de cette histoire, de lui faire
passer exactement toutes les lettres
à son adresse, et de le tenir au
courant des arrivages. Un avis de
son correspondant, qui lui annon-
çait l'apparition en rade d'un
navire français venant des côtes

de Bretagne, l'obligea de prendre congé pour quelques jours de ses bons amis.

Avant de s'éloigner, il voulut entretenir sir Arthur en particulier. Tout en causant, il eut l'adresse de faire tomber la conversation sur Evelina. A ce nom chéri, la figure de notre orphelin s'anima visiblement et changea tout-à-coup d'expression : ses yeux brillèrent d'un éclat surnaturel ; l'amour s'y peignit aussitôt en traits de flamme... Il n'en fallut pas davantage à M. Kersalin pour lire ce qui se passait dans l'âme agitée de son jeune ami. Digne de sa confiance, il sut enfin l'obtenir. Sir Arthur

ne craignit point de lui avouer
le tendre sentiment qu'il éprou-
vait pour la fille du chef des Dunkars ; il se plaignit en même temps
de la rigueur du sort à son égard.
Ne semblait-il pas, en effet, qu'il
ne lui avait fait entrevoir un moment le bonheur, que pour lui en
rendre ensuite la perte plus sensible ? Il exhala ses regrets et son
désespoir avec une chaleur entraî-
nante. — « Attendez mon retour,
lui dit M. Kersalin, les larmes aux
yeux. Mais, que diable ! ne vous
agitez pas ainsi ; vous me faites de
la peine... et je n'aime pas à me
chagriner. Le mariage d'Evelina
doit se célébrer dans trois jours

seulement : après-demain je serai près de vous, je ne vous dis
que cela... Soyez tranquille ; vous
serez son époux... je l'ai mis dans
ma tête... la tête d'un breton, c'est
solide !... Comptez sur moi.

— O mon généreux bienfaiteur !
que de bontés !

— C'est bon, c'est bon !... vous
me remercierez plus tard ; au-
jourd'hui je n'ai pas le temps d'é-
couter ces balivernes. Que je vous
voie heureux, et je le serai plus
que vous.

— Mon ami !

— Quant à cela, c'est différent ;
j'éprouve un vrai plaisir à vous
entendre me donner ce titre... il

me flatte mille fois davantage que les plus beaux complimens du monde. Embrassons-nous, et au revoir. »

Williams et Dulac demandèrent au marin la permission de l'accompagner jusqu'aux limites d'Éphrata ; cet offre lui fit plaisir et il l'accepta de grand cœur, bien qu'en grommelant d'un ton brusque et maussade, qu'il n'aimait pas que l'on se dérangeât pour lui.

CHAPITRE XXVIII.

Nouvelle gasconnade.

Le motif qui avait engagé notre gascon à reconduire M. Kersalin, n'était pas tout-à-fait aussi désintéressé que celui de l'honnête Williams; il entrait, ainsi qu'on va le voir dans cette démarche si naturelle, d'abord, un petit calcul de raisonnement, assez bien conçu. Le départ du riche marin le tourmentait infiniment; c'était, pour lui, comme si la fortune lui eût tourné le dos; il ne voulait pas abandonner son bon

II.   7

ange, et n'était pas fâché, d'ailleurs, de changer un peu de cuisine; car il ne s'accommodait guère de celle des Dunkars. Le difficile était de trouver un prétexte pour décider M. Kersalin à l'emmener avec lui.

Cependant l'on était parvenu au bas de la montagne qui termine la belle vallée d'Éphrata; le moment est arrivé de se quitter; M. Kersalin dit adieu à ses guides; Williams lui souhaite un bon voyage, et prend le bras de Dulac pour s'en retourner à leur cellule; notre gascon fait quelques pas; puis, comme frappé d'une réflexion soudaine, il se ravise, et courant après M. Kersalin:

« Arrêtez, monsu, s'écrie-t-il
« tout essoufflé, dé grâcé, arrêtez
« un pétit moment... Né voyez-
« vous pas commé lé temps sé
« brouille?...

— Que dites-vous? il est su-
perbe, au contraire.

— Vous croyez!... N'importé...
jé m'y connais... vous aurez dé
l'oragé avant uné huré!... et jé
m'intéressé trop à votré chéré
santé, pour vous permettré dé
partir seul.

— Vous vous moquez...

— Les chémins sont éxécrables,
dé toutés parts, des précipicés,
des ravins, des rochers à gravir...

—Il est fou... Nous sommes justement dans un pays de plaines.

— Eh! né comptez-vous pour rien, sandis, les bois, les forêts qu'il vous faudra traverser... et peut-être dé nuit... Si par hasard quelqués malfaiteurs cachés... A cetté seulé idée, j'ai frissonné pour vous, des pieds jusqu'à la tête.. et jé souffrirai qu'un hommé d'honnur comme monsu Kersalin, qu'un bravé et digné marin français s'exposé, dé gaîté dé cur, à tous ces périls réunis... Non, jé né lé souffrirai point... ou du moins... jé veux les partager avec lui...

— Nous y voilà!... et je com-
mence à comprendre...

— Aidez-moi, mon cher Williams, à convaincré monsu dé la
nécessité dé préndré un compa-
gnon dé voyagé!... Oui, monsu
Kersalin, jé vous estimé et vous
aimé; vous lé savez, entré nous,
désormais, c'est à la vie et à la
mort.

— Le plaisant original.

— Jé m'attache à vous, commé
lé lierré à l'ormeau protectur...

— Ou plutôt, comme une sang-
sue au corps d'un homme bien
portant; (c'est à part lui, que le
marin fait cette réflexion : puis,

prenant son parti.) Allons, monsieur Dulac, vous êtes si pressant
et moi si pressé, qu'il faut bien
en passer par où vous roulez... je
vous emmène...

— A la bonne hure!.. vous né
vous en repentirez pas... jé vous
en avertis... jé né mé suis jamais
senti plus plus aimable, je suis en
vervé... Eh! donc, la routé né
vous paraîtra pas aussi longué!...

— Il est fort amusant... Sans
adieu, Williams... rappelez-moi
de nouveau, au souvenir de votre
jeune maître... dites-lui bien, surtout, que je ne l'oublierai point;
que je tiendrai ma promesse.

— Oui, monsieur.

CHAPITRE XXIX.

L'Absence.

Séparé de deux êtres bien chers à son cœur, l'orphelin se livra de nouveau, à la plus sombre tristesse... Auprès d'Évelina, tout, dans la nature lui paraissait prendre une riante couleur; le ciel était pur et sans nuage; l'air lui semblait plus doux; les campagnes, plus fertiles; le chant des oiseaux, plus mélodieux... Son absence a détruit, hélas! toute illusion... le charme est rompu...

Sir Arthur ne trouve plus de plaisir à parcourir le vallon; il erre
tristement dans les longues allées
du jardin... il les trouve solitaires
et désertes; il languit comme le
ramier fidèle que l'on éloigne de
sa douce compagne; autour de lui,
tout l'importune et lui pèse; silencieux et morne, il se renferme dans
sa douleur; il méconnaît jusqu'à
la voix de son vieux serviteur,
l'honnête, le bon Williams qui se
désole, et gémit sur le sort de son
pauvre maître.

Évelina, de son côté, n'était
pas plus tranquille, au sein de la
retraite où son père l'avait en-
voyée. En vain, cherchait-elle à

se livrer exclusivement à ses exercices religieux.... le souvenir d'Arthur venait incessamment la distraire dans ses pieuses méditations.
Voulait-elle invoquer le nom de la
Divinité, c'était celui d'Arthur qui
se trouvait toujours le premier sur
ses lèvres; fixait-elle, en priant,
ses regards vers le ciel, l'image
d'Arthur se présentait aussitôt à
ses yeux... elle la voyait, la trouvait partout. Arthur! toujours Arthur! L'idée de son hymen pro-
chain venait ensuite l'assiéger,
porter le trouble et le désespoir
dans ce cœur naïf, qui se brisait
en songeant qu'une barrière éternelle allait peut-être s'élever entre

elle et son amant... puis, elle cal-
culait avec effroi les momens qui
lui restaient encore à passer loin
de lui... Elles s'écoulent si lente-
ment les heures de l'absence!..

CHAPITRE XXX.

Une scène nocturne.

La veille de ce jour à-la-fois heureux et fatal pour nos deux amans, où la faveur de se revoir allait enfin leur être accordée, mais, hélas! où peut-être aussi va se décider leur éternelle séparation, sir Arthur, fatigué de ne pouvoir trouver, dans un sommeil réparateur, l'oubli momentané des maux que le sort implacable avait accumulés sur lui depuis sa naissance, et poussé par une sorte d'inspiration secrète, se lève au

milieu de la nuit, sort de l'habitation du Dunkar et se dirige vers
le temple sacré.

Pénétrant dans le sanctuaire, il
prend une des lampes qui brûlent
incessamment, et d'espace en espace, sous la voûte de chaque galerie latérale, il descend au fond
des vastes caveaux, cherche la
tombe de sa mère parmi les funèbres monumens que renferme ce
triste séjour... se prosterne et prie.
Il entend tout-à-coup marcher derrière lui : c'est *l'Homme du Précipice...* Il s'avance à pas lents, les
bras croisés sur sa poitrine, et
jetant de tous côtés ses regards in-
certains et farouches... Étonné de

rencontrer un être vivant dans
cette enceinte souterraine, consa-
crée à la mort, il s'arrête devant
l'orphelin et le fixe en silence....
Mais ses yeux ont rencontré le tombeau de Sara... Quelle est cette
inscription ?... Il s'approche pour
la lire à la vacillante clarté de la
lampe d'Arthur : « *A Sara Maxwell !... Grand Dieu !...* » Et il
tombe sans connaissance aux pieds
de l'orphelin.

Cédant au mouvement naturel
de son humanité, peut-être même
à un autre sentiment dont il ne peut
encore se rendre compte, Arthur
oublie que ce malheureux est un
rival ; il vole à son secours, et

cherche à le ranimer dans ses bras.
Un gémissement prolongé lui donne enfin quelqu'espoir... L'inconnu
reprend peu-à-peu l'usage de ses
sens : « Où suis-je ?... est-ce un
« songe ?... une vaine illusion ?...
« J'ai cru voir écrit sur cette tom-
« be... ah! sans doute en lettres de
« sang !... *Sara Maxwell!*... Mes
« yeux ne m'ont point trompé...
« je ne puis douter de la réalité...
« Jeune étranger, par pitié, de
« grâce, répondez; serait-il vrai ?..
« les restes inanimés de Sara Max-
« well...

— Sont là, sous cette pierre glacée... ils reposent.

— Ils reposent !... Oh oui, tu

dois reposer en paix au sein de l'Éternel ; tandis que moi... jamais..! jamais !

— Eh quoi ! vous auriez connu ma mère ?

— Ta mère !.. ta mère !.. ô ciel ! il se pourrait ?.. Cher enfant ! tu vivrais ?...

— Mon père !.. (*Arthur se jette dans les bras de Secaïk*),

SECAÏK (*avec égarement*).

Ton père !... non, je suis ton assassin... le meurtrier de Sara...

ARTHUR.

Qu'osez-vous me rappeler ?

SECAÏK.

Mon crime !.. et ton devoir... Tu dois me maudire.

ARTHUR.

Vous maudire !...

SECAÏK.

Oui, je suis un barbare!... elle était innocente. Et son frère!.. son malheureux frère!.. de ma main, lâchement homicide... son sang a coulé... il crie vengeance !.. vengeance !.. Elle s'est cruellement accomplie... O! mon Dieu!... j'ai bien souffert...

ARTHUR.

Votre fatale erreur, hélas! vous coûta bien des larmes; et par le repentir, vous avez expié... Mon père! embrassez votre fils.

SECAÏK.

Ce nom chéri me cause une émotion!.. Voilà le premier instant de bonheur que je goûte depuis dix-sept ans. Mon fils, j'avais besoin de tes caresses .. de ton pardon généreux!... maintenant, je puis mourir.

~~~~~~~~~~~~~~~~~~~~~~~~~~~~~~~~~~~~~~~

CHAPITRE XXXI.

Dévouement filial.

APRÈS les premiers épanche-mens, Secaïk fit le récit des peines qu'il avait éprouvées ; il peignit son désespoir, ses re-mords, son retour parmi les sau-vages de son ancienne patrie... Il n'avait pu demeurer longtemps dans une contrée qui lui rappelait ses jours de bonheur, et rendait encore plus vifs sa douleur et ses regrets.

« Enfin, continua-t-il, touchée

« sans doute de mes remords, la
« divine Providence daigna jeter
« sur moi un regard miséricor-
« dieux; elle guida mes pas vers
« la paisible retraite des Dunkars.
« J'y trouvai, sinon le bonheur
« qui ne peut plus exister pour le
« coupable Secaïk, du moins un peu
« de repos et quelque consolation.
« Que dis-je! un nouvel avenir,
« un avenir plus doux s'est ouvert
« devant moi.... Le Ciel m'a rendu
« mon fils; et demain, une vierge
« simple et modeste, un ange d'in-
« nocence et de candeur, une autre
« Sara...doit unir sa destinée à la
« mienne. »

— Oui, je sais... Evelina!.. la

fille du chef vénérable des Dunkars...

— Il me semble que ma vie est
attachée à sa possession ; et si quelqu'événement imprévu devait dé-
truire mon espérance !...

— N'achevez pas, mon père...
Rien ne peut désormais s'opposer
à cette union.... Evelina sera votre
épouse... je le jure !... et votre
félicité...

— Ta voix est tremblante... une
affreuse pâleur couvre ton visage...
tes genoux fléchissent... O mon
fils ! ton état m'afflige... il m'ef-
fraye.

— Ce n'est rien, mon père...
l'émotion, la surprise... Mais le

jour ne doit pas tarder à paraître...
sortons de ces lieux. Venez vous
préparer à l'auguste cérémonie...
venez.

Ils arrivent à l'habitation du
chef des Dunkars. Williams était
déjà dans une inquiétude!... A
la vue de Secaïk, il s'étonne, il
s'écrie... il a reconnu l'époux de
Sara Maxwell.

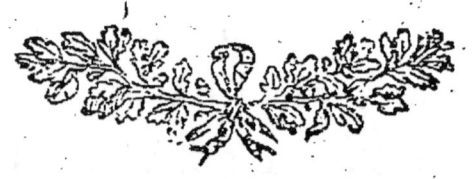

~~~~~~

CHAPITRE XXXII.

Adieux touchans.

Cependant le chef des Dunkars a quitté sa cellule pour se rendre au quartier des femmes... il ramène sa fille.. les nouveaux époux sont attendus dans le temple : « Évelina! dit d'une voix entre-« coupée, Arthur, en s'approchant « de la belle fiancée... Évelina!... « j'ai retrouvé mon père! c'est « pour lui que doivent s'allumer « les flambeaux de l'hymen... Il « vous adore... il ne peut vivre « sans vous... Oublions nos ser-« mens .. il le faut.»

— Qu'entends-je!... et c'est Arthur?

— Oui... ce sacrifice est bien pénible... il sera le dernier... le dernier !... Le Ciel a prononcé... Je compte sur toi.

On se dispose au départ... mais bientôt, Arthur se trouve tellement indisposé, qu'il ne lui est plus possible de se tenir debout; Secaïk veut retarder la cérémonie... Arthur s'y oppose : « Non, « mon père... gardez-vous de différer l'instant de votre bonheur... « Plus tard, je le sens... je n'aurai « plus le courage... »

— Que dis-tu ?...

— Je désire être présent à votre union... Ne pourrait-elle avoir lieu !...

— Rien n'empêche de faire ici la célébration, dit alors le chef des Dunkars... et il donne ses ordres à cet effet.

— Adieu mon Évelina!.. adieu pour toujours... Je te rends ta promessse et ta foi... notre amour désormais, serait un crime. Ne trahis point mon secret... c'est la dernière preuve que j'attends de ton amitié...

— Tu le veux...

— Je t'en prie.. et s'il le faut.. je l'exige, adieu!...

Tout le monde est réuni dans la salle du bas... Arthur, faible et mourant, est à demi-couché sur un banc, au fond de la chambre... il appuie sa tête languissante sur l'épaule de Williams... on se met en prières.

~~~~~~

CHAPITRE XXXIII.

Il est trop tard.

M. Kersalin n'avait pas oublié
la parole qu'il avait donnée à sir
Arthur... Retenu plus longtemps
qu'il ne l'aurait voulu, par les
affaires qui nécessitaient sa présence à Philadelphie ; il revenait
en toute hâte à la vallée d'Éphrata,
lorsqu'il apprend les événemens
de la veille... il devine par quel
dévouement filial !... Moins leste
que Dulac, il le charge de le devancer et de remettre un mot d'é-

II.   8

crit qu'il s'empresse de tracer pour Secaïk.

Notre gascon, fier d'une mission aussi délicate, et charmé de pouvoir donner à M. Kersalin un échantillon de son intelligence et de son savoir-faire, *ne perd pas une minute, prend ses jambes à son cou,* et arrive juste au moment où les nouveaux époux recevaient la bénédiction nuptiale. Impossible de pénétrer dans la salle... Comment faire ?.. Heureuse inspiration !.. Il donne la lettre à la première personne qu'il trouve placée auprès de lui : « L'objet, dit-il, est fort pressé ; songez qu'il y a urgence... et faites

« passer de mains en mains, il
« parviendra, de la sorte, à son
« adresse. »

Le père d'Artur reçoit le billet..
il l'ouvre... le parcourt rapide-
ment... Il s'élance... mais il a déjà
prononcé le oui fatal... le cœur
d'Arthur s'est brisé... le dernier
coup vient de lui être porté :
« *L'épreuve est au-dessus de mes*
« *forces... C'en est fait!... je*
« *meurs!...*

A ces accens douloureux et plain-
tifs, on accourt, on s'empresse...
Secaïk est au désespoir... « Mon
« fils!... mon cher fils!... s'écrie-t-
« il, en le serrant dans ses bras...
« reviens à toi!... je n'accepte

« point ton dévouement géné-
« reux... Évelina doit t'apparte-
« nir... qu'elle soit ton épouse;
« mais, dieux, il ne répond point...
« ses yeux se sont fermés... son
« coeur a cessé de battre... IL EST
« TROP TARD ! »

CHAPITRE XXXIV.

Mort d'Arthur.

CEPENDANT M. Kersalin arrive à son tour; il se présente à l'habitation du Dunkar : quel morne silence... Il pénètre aisément dans le premier vestibule... Personne ne s'oppose à son passage... Une profonde tristesse est peinte sur toutes les physionomies... Des larmes coulent de tous les yeux. Il s'avance... regarde... quel affligeant spectacle s'est offert à sa vue.. Arthur ne donnant encore aucun

signe d'existence...... A ses côtés,
éperdus et tremblans, Secaïk,
le chef des Dunkars, et l'honnête
Williams! Evelina priant avec ferveur, à genoux, les mains jointes;
elle invoque le ciel... Arthur fait
un mouvement.

— Mon fils, s'écrie alors Se-
caïck, mon cher fils! réponds à
ma voix... à celle de ton amante,
de ton épouse... Evelina t'appartient.

— Evelina!..

— Cher Arthur! ton père nous
permet d'être heureux!

— Mon père!..

— Vivez, mon cher maître...
vivez... ou votre vieux serviteur

vous suivra de près dans la tombe!

— Bon Williams!..

— Vivez, sir Arthur!... Pour conserver vos jours, je suis prêt à donner ma fortune... mon sang. (*C'est M. Kersalin qui parle.*)

— Mon ami!.. vous tous.... venez sur mon cœur.... Que vos regrets me touchent! ils me consolent de quitter si jeune encore... Mais vainement... je voudrais... je ne puis... ô ma mère!.... tu m'appèles... me voîlà... Du haut de ton éternité, laisse tomber sur eux un regard attendri.... que ta bénédiction!... Pardonne à ton époux... à mon père... Adieu, mes amis... Evelina... ta main

là… sur mon cœur… son dernier battement…. pour toi….
Adieu.. dans un monde meilleur..
nous nous retrouverons… oui…
j'espère… adieu… le bonheur…
n'était pas fait pour Arthur… sur
cette terre d'épreuves… un nuage épais… couvre déjà mes yeux…
Respectable et pieux vieillard….
faites éloigner…. aidez-moi à
mourir…..

— Il n'est plus !…

~~~~~~

CHAPITRE XXXV ET DERNIER.

CONCLUSION.

LES gémissemens et les sanglots
remplissent ce funeste lieu.... Secaïk veut s'arracher la vie, et se
livre au plus affreux désespoir....
Evelina se jette en pleurs sur le
corps inanimé de son jeune ami...
elle ne veut plus s'en séparer....
Williams appelle la mort à grands
cris... Kersalin se frappe la poitrine avec violence.... La douleur
est générale.

. . . .

. . . .

. . . .

Deux jours se sont écoulés...
Arthur repose près de sa mère...
Evelina s'est vouée désormais au
culte du Seigneur... Secaïk vivra
pour souffrir ; le châtiment céleste
s'est appesanti sur lui... Williams
et M. Kersalin sont inconsolables...
Le chef des Dunkars respecte, en
pleurant, les décrets immuables
de la divine Providence.

FIN DU SECOND ET DERNIER VOLUME.

TABLE

DES MATIÈRES

DU SECOND VOLUME.

———

	page
Chapitre I. Le temple des Dunkars.....	5
— II. Les caveaux....................	11
— III. Une cérémonie religieuse......	16
— IV. La jeune vierge...............	21
— V. Retour du temple..............	25
— VI. Conversation intéressante......	29
— VII. Quelques mots sur l'Homme du Précipice.....................	37
— VIII. Suite du précédent..........	44
— IX. L'hospitalité...............	49
— X. Un regard	54
— XI. Un soupir.	57
— XII. Le repas.................	60

pages
— XIII. L'Inspiré. 65
— XIV. Récit de Williams. 72
— XV. Suite du récit de Williams. . . . 79
— XVI. Fin du récit de Williams 84
— XVII. On se sépare. 95
— XVIII. La rencontre. 98
— XIX. Un tête-à-tête. 103
— XX. Il aime. 109
— XXI. Il est aimé. 113
— XXII. Petite digression de l'auteur. . 116
— XXIII. Huit jours se passent. 120
— XXIV. Coup de foudre. 124
— XXV. Un premier aveu. 130
— XXVI. Suite du précédent 136
— XXVII. Départ de M. Kersalin. . . . 143
— XXVIII. Nouvelle gasconnade. 149
— XXIX. L'absence. 155
— XXX. Une scène nocturne. 159
— XXXI. Dévouement filial. 166
— XXXII. Adieux touchans. 170
— XXXIII. Il est trop tard 173
— XXXIV. Mort de l'orphelin. 177
— XXXV et dernier du second volume.
          Conclusion. 181

Ouvrages du même Auteur :

LITTÉRATURE.

LA NOUVELLE ANNÉE LITTÉRAIRE, ou *Album théâtral, critique et Littéraire.*

Cet ouvrage parait, depuis le 1er. Août, par livraison, dont le nombre et les époques de publication sont indéterminés ; prix du volume in-8°. : 10 fr.

POÉSIES.

TALMA N'EST PLUS ! *Hommage à sa mémoire,* 1 fr. (4e. édition).

LA LIBERTÉ EN DEUIL AU TOMBEAU DE CANNING, 1 fr. 25 c. (3me. édition).

ROMANS.

LA CHAPELLE MYSTÉRIEUSE, 2e. édition, 3 vol. in-12, ornés de gravures, 9 fr.

Sous Presse.

LES SEPT PÉCHÉS CAPITAUX, *Nouvelles dramatiques,* 7 vol. in-12.

Le tome premier sera mis en vente le 15 Novembre, les autres se suivront de mois en mois.

www.ingramcontent.com/pod-product-compliance
Lightning Source LLC
Chambersburg PA
CBHW070843030726
47504CB00005B/1207